華は天命を誓う

莉国後宮女医伝　三

小田菜摘

角川文庫
24417

もくじ

イラスト／Minoru

主な登場人物紹介

李《り》翠《すい》珠《しゅ》

女子太医学校を首席で卒業した新人女医。市井の医院で働くことを希望していたが、ひょんなことから内廷（後宮）勤務に――。

晏《あん》紫《し》霞《か》

内廷勤務になった翠珠の元指導医で姉弟子。医学が大好きでやや変人の域に達しかけている。絶世の美女。

イラスト／Minoru

呂《ろ》皇《こう》貴《き》妃《ひ》

芍薬殿に住む。
孤閨をかこっているが
後宮のことを第一に考え
帝からの信頼も篤い。
側室最上位の位階に昇格した。

栄《えい》賢《けん》妃《ひ》

第五皇子を出産し、嬪から賢妃に昇格。
菊花殿に住み、性格は横暴。
紫霞が担当医として診察している。

胡《こ》貴《き》妃《ひ》

西六殿の差配役を命じられた妃。
聡明で呂皇貴妃から信頼されている。

蓉《よう》茗《めい》

栄賢妃が信頼する唯一の女官で
猛獣使いと呼ばれている。
優秀で立ち回りがうまい。
翠珠と同じ年。

漉《ろく》中《ちゅう》士《し》

宮廷医局の男性医官。
三十歳前後で貧しい農村育ち。

呉《ご》太《たい》監《かん》

胡貴妃に仕える宦官。
人柄はよいが酒豪で顔色が悪い。

鄭《てい》夕《ゆう》宵《しょう》

御史台の若き官吏。
正義感が強く、まっすぐで公明正大。
内廷の事件を捜査することが多く、
よく妃嬪の住まいに出入りしている。

北
《西六殿》
菊《きく》花《か》殿
栄賢妃《えいけんひ》
梅《ばい》花《か》殿
胡貴妃《こきひ》
蠟《ろう》梅《ばい》殿
紫《し》苑《おん》殿
梨《り》花《か》殿
芙《ふ》蓉《よう》殿
屋根付き廊
牡丹《ぼたん》宮
皇后が住まう宮。
皇帝宮
皇帝が住まう宮。
太監以外の男性の出入りには
制限が設けられている。
《東六殿》
木《もく》蓮《れん》殿
孫淑妃《そんしゅくひ》
芍《しゃく》薬《やく》殿
呂皇貴妃《ろこうきひ》
薔《そう》薇《び》殿
順嬪《じゅんひん》
睡《すい》蓮《れん》殿
木《もく》犀《せい》殿
桃《とう》花《か》殿
内廷
杏花舎《きょうかしゃ》
翠珠や紫霞の属する
「宮廷医局」がある。
太正宮
宮殿の正殿。
皇帝が政務を行う。
外廷
南

第一話　女子医官、才妃と出会う

梅雨のさなかにある帝都・景京《けいきょう》では、大理寺《だいりじ》（裁判所のような所）で目下審理中の、ある裁判の行方が話題になっていた。

訴訟内容は、浄身《じょうしん》術の失敗で息子を亡くした両親が、ずさんな施術をした術者に殺人罪の適用と賠償を求めたというものだった。浄身は宦官《かんがん》の別称なので、術とは、ありていに言えば男性の性器切除を指す。

その日の宮廷医局・杏花舎《きょうかしゃ》でも、さっそく誰かがその話題を口にした。

「ていうか、その術者はそもそももぐりだったのでしょう。こうなる可能性が高かったことは親も覚悟していたはずよ」

「だからといって、死んでもしかたがないとはならないでしょう」

「そうですよ。だいたい認可の切り師に依頼をすると、かなりかかるらしいじゃないですか。息子を自宮《じきゅう》させるほど切羽詰まった家が、そんな費用を払えるとは思えないですよね」

自宮とは、自ら望んで宦官となることをいう。現王朝において男性への宮刑は捕虜も含めて廃止されているので、宦官は自宮者しか存在しない。ちなみに女性への宮刑は現存しており、こちらは肉刑ではなく生涯にわたる幽閉処分である。

「そもそもいくら生活が苦しいからといって、わが子を自宮させるような人間に親の資格はないわよ」

誰よりも軽蔑《けいべつ》と怒りの色を濃くにじませて言ったのは、林中士《りんちゅうし》という女子医官だ。

莉《り》国の医官の階級は、上から大士《たいし》、中士、少士《しょうし》となる。階級は男女共通で、それぞれ紫、緑、赤の比甲《ひこう》（袖無《そでな》しの上着）が官服として与えられる。

二十歳の女子医官、李《り》翠珠《すいしゅ》は赤の比甲をまとっている。

親の資格はないなどと、明るく世話焼きな林中士には珍しい辛辣《しんらつ》な発言だと、翠珠は驚いた。平生の彼女なら、怒るよりもまずは亡くなった子供を悼む気がしたのだ。しかし一男一女の母である林中士には、独り身の自分とはちがった感情があるのだろうとすぐに考え直した。

立場や年齢もちがう女子医官達であったが、子供の死を悼むことと、わが子を自宮させた親への反発という点では共通していた。しかし訴訟という行為への感想は、しかたがないという翠珠達と、どの面下げてと怒る林中士達とにはっきり分かれていた。

翠珠とて、幼い子供の自宮は痛ましいと思う。ある程度の年齢に達した者ならともかく、幼児の自宮はほとんどが親の意向というのが現実だ。のちになって成功者が、家族の貧困を救うために幼心に一念発起して、などと美談として語ることもあるが、幼児にはあるのだ。

失墜しているから

そもそも二十年以上前に起きた事変『安南の獄《あんなんごく》』以降、宮廷での宦官の権威は著しく失墜しているから、、昨今では立身出世を望んでという理由も、だいぶ見当違いのものではあるのだ。

しかしずさんな施術で子供を亡くした親は無念であろう。釈然としないが、訴訟という手段を取った気持ちは理解できなくもない。さすがに彼らが一方的な被害者だとは思っていないが、さりとて林中士のように親ばかりを責める気持ちにもなれない。

とはいえ、あくまでもただの世間話である。こんなことで先輩たちに反目して、職場の雰囲気を悪くするのも馬鹿馬鹿しい。年長の女子医官達が件《くだん》の両親を強く非難する様子を遠巻きに、翠珠と三歳上の鉦少士《じよう》は困った顔で見つめあった。

「ねえ、霍少士《かく》はどう思う？」

鉦少士が話を振った相手は、同じ長卓で作業をしていた男子医官・霍少士である。翠珠よりひとつ年下の十九歳。研修二年目の若者である。日頃は人懐こくにぎやかな彼も、さすがにこの話題には臆《おく》したとみえて、ここまでずっと黙っていた。ただの偶然ではあるが、詰所にいた男性が彼一人という状況もあったのだろう。

「え、俺ですか？」

「うん。男性からの意見も聞きたくて。私達とはちょっと視点がちがうんじゃない？」

「勘弁してくださいよ」

無邪気に尋ねる錠少士に、霍少士は心底いやそうな顔で答えた。どういう経緯か、いつのまにか他の女子医官達の視線も集まっている。

「俺はその手の話は、ほんとに駄目なんですよ。生々しいのと痛々しいので」

これはまた、女子にはない新たな視点だった。確かに浄身術に伴う激痛は、男子からすれば真っ先に思いつく、あたり前の視点だったかもしれない。

「でも正規の切り師に依頼すれば、成功率はほぼ十割だと聞くけど」

錠少士は言った。切除にかんしてだけいえば、高度な技術はいらない。だからもぐりや縁者による施術があとを絶たない。これが臓腑《ぞうふ》の切除であれば、素人はまず手を出そうとは思わない。

しかし浄身はそのあとの処置が非常に重要で、これが疎《おろそ》かになされれば、それは術を受けた者の死につながる。正規ともぐりのちがいはそこである。

「そういうことじゃないんですよ」

霍少士の悲鳴じみた訴えをどう受け止めたのか、林中士がまるで加勢する勢いで声をあげる。

「そうよ。それにいくら術の腕が確かでも、無麻酔だから想像を絶する苦痛にはちがいないでしょ」

「それを六歳の子供に強制したのよ。たとえ成功したとしても、そんな苦痛をわが子に経験させるなんて親じゃないわ」

年長の女子医官達は、ふたたび非難をはじめる。母親の立場にある者がほとんどだから、容易に憤りは止みそうにもない。ちなみに外科手術に使用する麻酔の開発は目下進行中だが、安全面、確実性の問題等もあって難航している。

どんどん痛々しくなってくる話に、霍少士はうっかり素足でナメクジを踏んでしまったような顔をしている。翠珠は小声で「ごめんね、変な話に巻きこんで」と言った。錠少士も顔の前で両手をあわせている。もとはといえば、この話題に彼を巻きこんだのは彼女である。こんなもの、度が過ぎれば性的な嫌がらせになりかねない。

「世の中は、わが子を大切に思っている親ばかりじゃないからな」

とつぜん室内に響いた声は、女子医官達とはあきらかに異質の、低い男性のものだった。内暖簾《のれん》をかき分けて入ってきたのは、緑の比甲を着けた男性医官である。

「潞《ろく》中士」

林中士が名を呼んだ男性医官は、年のころは三十歳前後。中背ながらも、よく鍛えられて引き締まった体軀《たいく》は、医官というより武官を思わせるものだった。日焼けした顔にまばらに残った髭《ひげ》が野性的な印象だが、たたずまいには知性があり、けして鄙野《ひや》には落ちない。くっきりした二重の鋭い目が猛禽《もうきん》を連想させる。

翠珠は宮廷医局に勤務するようになって一年経つが、潞中士とはほとんど話をしたことがなかった。

だからといって、別に敬遠しているとか不仲というわけではない。宮廷医局に所属する医官の職域は、女子は内廷、男子は外廷に分かれることが基本なので、世代のちがう異性とは話す機会があまりないのである。

「そんなことは分かっているわよ」

林中士は反論した。

「私は子供を愛さないような親に、親の資格はないと言いたいのよ」

「そんな親にでも孝は尽くすもの、というのが世の教えだからな」

皮肉っぽい澒中士の言葉に、女子医官達はいっせいに嫌な顔をした。

この反応は澒中士に対してというより、突き付けられた現実に対してといったほうが的確だろう。

孝養やら男尊女卑という世間一般の教えに、程度の差はあれ、嫌な思いをしたことがない女子医官は一人もいない。もちろん翠珠もその一人だが、それでも自分はかなり恵まれたほうだと知っている。

翠珠の実家は、祖母、母とつづく女系の医院である。地域での評判もよく、とうぜんのように翠珠は三代目として目されていた。

両親、親戚《しんせき》も含めて、女子が外に仕事を持つことになんの非難もない環境で生まれ育った翠珠は、太医学校入学のために上京し、はじめて女医、すなわち外で働く女に対する風当たりの強さを知った。

なんとなく黙りこんでしまった女子医官達の横を平然とした顔で通り抜け、澒中士は奥に据えつけた棚から診療録を取り出す。その棚が、後宮の西六殿に所属する患者の診療録置き場であったので、一瞬なぜ男性医官がと疑問に思う。

（あ、太監《たいかん》か）

太監とは宦官《かんがん》のことである。以前は宦官の役職名だったが、いまは宦官のことを総じてそう称している。宦官も上級者になると、宮廷医局の診察対象となる。彼等は内廷に所属するから基本的に女子医官が担当しているのだが、たまに男子医官の診察を希望する者がいる。理由は単純に男尊女卑ということもあるが、患部の場所や疾病の種類など、異性には相談しにくいという場合もあった。

診療録をめくりながら、漉中士は独り言《ご》ちるように言った。

「俺の故郷は貧しい農村だったから、妓楼《ぎろう》に売られた娘も浄身術を受けさせられた息子もわんさといたよ」

林中士は眉《まゆ》をひそめたが、よく聞く話ではある。

翠珠の生まれ故郷・南州《なんしゅう》は比較的裕福な土地なので、そのような事例はあまり耳にしなかった。けれどおそらく零《ゼロ》ということはなく、外聞や非難を気にして内密に行われていたのだと思う。漉中士の故郷では件数が多かったから、それがあたり前のこととして隠すこともなく横行していたということであろう。

漉中士は無言で診療録に目を走らせている。自身が口にした悲惨な実情、それによって重くなった空気を意に介したふうもない。女子医官達は不満気な顔をしたが、さりとて瀧中士を責める展開ではない。それにこの話題をこれ以上つづけたところで、さらに空気が重くなることは分かっていた。

雰囲気を変えるように、林中士は表情を和らげる。

「おしゃべりが過ぎたわね。私、調剤室に行って――」

「だから俺は、今回の判決の行方が気になっている」

林中士の発言をさえぎり、瀧中士が言った。

皆の注目が集まる中、彼はぱたりと診療録を閉じた。

「親の資格のない奴らに、はたして親の権利が認められるか否かということが」


無数の磚《せん》を重ねて築き上げた城壁に囲まれた宮殿は、皇城《こうじょう》と宮城《きゅうじょう》の二区画で構成されている。

皇城は政務を執り行う公的な区域で、外廷にあたる。正殿・太正宮《たいせいきゅう》も含めた南の部分である。宮城は皇帝の私的空間で内廷になる。宮殿北の部分で、その大半を占めるのは妃嬪《ひひん》達が住まう後宮だった。

宮廷医局・杏花舎は、外廷と内廷の中間に位置している。屋根付きの囲壁に囲まれた敷地には、診察室の他、調剤室、製薬室、詰所、宿直室、倉庫他複数の施設があり、患者としての官吏、女官の他に、彼等や妃嬪の使いとして、宮人や下級宦官のような診察を受けられぬ者も出入りしている。

もちろん患者でなくても、個人的な用件で出入りする者は大勢いる。

いま翠珠の前で茶を喫している青年・鄭夕宵《ていゆうしょう》もそんな一人である。彫の深い端整な面差しに、少年のような生真面目さと潔癖さと青臭さをにじませたこの若者は、御史台《ぎょしだい》(警察のような組織)の官吏である。二十二歳で四等官の第三位・御史だからかなりの選良だ。彼が身に着けている青灰色の交領《こうりょう》の袍《ほう》は官服である。

一年前に市井の薬舗で知りあったときは、こんな場所で茶を飲む関係になるとは夢にも思わなかった。そもそもあのときの翠珠は市井の医療院勤務で、数か月もしたら南州の実家に帰省するつもりでいたから、まことに人の縁とは分からぬものだ。

卓上に置いた皿には、夕宵が手土産に持ってきた大量の焼き菓子が盛ってある。彼が親戚の結婚式で提供されたというものを、こうやって差し入れてもらうくらいには親しくなっている。

「その案件は、呂少卿《ろしょうきょう》もだいぶん悩んでおられるようだ」

渋い表情で夕宵が言ったのは、もちろん例の浄身術の裁判である。呂少卿は大理寺の次官で、夕宵の元上司である。少卿は次官を表す役職名で、姓名は呂高峻《こうしゅん》という。今回の裁判は、高峻が担当しているという。

翠珠を挟んで両脇に座っていた錠少士と霍少士が、同時に身を乗り出す。

「そうですよね、やっぱり難しいですよね」

「でも俺が亡くなった子供だったら、たぶん親のほうを許せないと思います」

霍少士は言葉尻《ことばじり》に嫌悪をにじませる。先日は話題を耳にするだけで嫌がって自分の意見を言う余裕もなかったが、今度は気持ちが定まったようだ。

「人情的にはそうだが、経書の教えにならえば、子は親に従うべき存在だからな。そして裁判の判決は、基本的に経書の教えに従って下される」

「浄身術を受けさせられても、妓楼に売られても従うべきだと？」

不満をあらわに反論する翠珠に、夕宵は眉をよせた。

「それが人攫《さら》いであれば罰することはできるが、親であれば罰する法はない」

さらりと告げられた事実にぞっとした。

健康な身体を物理的に傷つけること。女子が貞操を失うこと。加害であれ自身の選択であれ、いずれも世では罪深いこととされている。にもかかわらず、子にそんな非道を強いても親ならば許されるのだという。

「ならば親の訴えが通る可能性が高いのですか？」

錠少士が尋ねた。

「そのあたりの判断が難しいのですよ」

翠珠達に対するより、少し丁寧に夕宵は答えた。錠少士は二十三歳なので、夕宵よりひとつ年長だ。そのあたりを気遣うあたりが、生真面目な彼らしい。もちろん官位は夕宵が圧倒的に上である。

「正規の業者ではないと承知したうえで、親も依頼をしていますからね。業者が認可を受けぬまま施術をした結果、子供が亡くなったという件については、かなりの悪質性を認められて処罰の対象になるでしょう。しかし親への補償となると、論点がちがってきますし」

それでも、わが子に浄身術を受けさせたこと自体は罪に問われない。その事実に翠珠はもやもやする。似たような心持ちなのか、霍少士と錠少士が不平を言い合う。

「それにしても、ひどい親がいるものですね」

「でも貧しい家庭では珍しくないのでしょ。漉中士も言っていたわ」

「そういうのを聞くと、自分達は恵まれていると思いますよね」

二人のやりとりに、翠珠はちらりと夕宵を見た。やけに神妙な顔をしている。家柄に恵まれているという点で、彼はこの中では抜きん出ている。

だからといって罪悪感を持てというのはちがうと思うが、少しでも謙遜《けんそん》の心があるのなら感じるものはあるだろう。

やがて夕宵はひとつ咳《せき》ばらいをした。

「確かに貧困は虐待の大きな要因になるが、そんな家庭でも、自分の衣食を削って子供を育てようとしている親のほうが圧倒的に多い。そもそも虐待は、裕福な家庭でも普通にあるものだから」

「そうなんですか？」

「妾《めかけ》の子供などが、本妻に虐げられることは珍しくないだろう。それに実の親でも、反りがあわない虫が好かないなどの理由で、わが子を虐待する場合は稀《まれ》にある。まあ、さすがに浄身はないだろうが」

夕宵が口にした虐待の例は、裁判になっている案件とは少し種類がちがう。

裁判の件は、経済的に追い詰められた結果、子供を犠牲にしたという案件だ。あるいは両親は子供に愛情は持っていたのかもしれないが、それ以上に自分達が大切だったという話である。

理由がなんであれ、わが子に浄身を強いたり妓楼に売り飛ばすことはまちがいなく虐待である。しかしそれを前提として、そこまで追い詰められた貧困のありようは想像ができる。

しかし貧困などなくても、子を虐待する親は普通にいるのだと夕宵は言う。本妻の妾の子への虐待と、実母の我が子への虐待はだいぶ性質がちがう気もするが、いずれにしろ、貧困という切羽詰まった理由もなく虐待に走る者の思考が想像できない。

「お金持ちこそ精神的に余裕があるでしょうから、人にも優しくできそうですけどね」

翠珠の発言に、錠少士が顔をしかめた。

「裕福な人が優しいわけじゃないって、一年も内廷にいるのなら分かるでしょ。上の人の気まぐれで虐げられている奴婢《ぬひ》が、どれだけいると思っているのよ」

指摘に翠珠は言葉を詰まらせる。やがて、不貞腐《ふてくさ》れ気味に返す。

「そうですね。確かに芙蓉《ふよう》殿の──」

「李少士」

「師姉《シージェ》！」

夕宵と錠少士、そして霍少士がそれぞれに咎《とが》める声をあげた。

うっかり栄嬪《えいひん》の名を出しかけた翠珠は、あわてて口をつぐんだ。

後宮の殿舎のひとつ。芙蓉殿の主《あるじ》・栄嬪の癇癪《かんしゃく》と高慢、横暴ぶりは、宮中にかかわる者なら誰もが知っている。

権門の生まれで高官を父に持つ彼女は、貧困とは縁遠い人間だ。にもかかわらず感情に任せて配下の者を虐げる姿が、しばしば目にされている。

しかしいくら事実とはいえ、いや事実だからこそ、ここで彼女を喩《たと》えとしてあげるのは宮中で仕事をする者として迂闊《うかつ》すぎた。

「すみません」

肩をすぼめる翠珠を、錠少士は軽くにらみつけ、それを霍少士に〝まあまあ〟となだめられている。

「まあねえ」

気を取り直した錠少士が嘆息する。

「確かに使用人の運命って、お仕えする相手で、だいぶん左右されるわよね」

翠珠は無言のまま同意する。自分の軽はずみな発言は、もちろん反省している。しかし翠珠が芙蓉殿の名を出してしまったことに、理由はあるのだ。

実はつい先日、栄嬪が自分の宮人に平手打ちをくらわせている現場に遭遇したばかりだったのだ。十五、六歳のあどけない少女の口端には、糸を引いたような赤い血が滴っていた。その件を翠珠は錠少士に愚痴っていた。先刻の彼女の言葉は、胸が痛かったと訴えた翠珠への共感の言葉なのだろう。

「奴婢に主は選べないですものね」

「そのあたりの立場だと、辞める自由もないしね。それは子が親を選べないのと同じことかもしれないわね」

ちなみにこの場合の奴婢とは、下級宦官《かんがん》や宮人などの低い身分の者達を指す。官位を持つ上級宦官や女官は、もう少し待遇がよい。官吏は自ら辞職を願い出ることができるし、女官も年季さえ明ければ退職の自由を持っている。

しかし奴婢にその権利はない。仮に与えられても宦官の場合、その肉体上の特徴から市井で暮らすことは困難を極める。家族とは縁を切っている者が大半である彼等には拠《よ》り所《どころ》もないから、老後を暮らせるだけの資産が築けなければ、身体が動くうちは宮中で働くしか術《すべ》はない。

弱者は他人に生殺与奪の権を握られてもしかたがない。

しかも彼等は、その相手を自分で選ぶことができない。悪辣《あくらつ》な者のもとに配されてしまえば、運命と諦《あきら》めて虐待に甘んじるしかないのだ。周りもどれほど心が痛もうと、それが彼等の運命だからと手をこまねいていることしかできない。

理不尽をなんとかしなければ、というほどの使命感や正義感は翠珠にはない。さりとて他人事《ひとごと》だからと割り切るのは、自分が火の粉がかからない場所にいるからこそ、かえって心が痛む。

「話は変わるが――」

重苦しい空気を取り払うかのように、歯切れのよい声で夕宵が訊《き》いた。

「第五皇子の生誕祝は、結局どうなったんだ？」

栄嬪が第五皇子を産んだのは、昨年末のことだった。

それから半年以上が過ぎて、祝宴が開催されることになった。本来であればもっと早く催していただろうが、帝《みかど》の実姉・青鸞長公主《せいらんちょうこうしゅ》が起こした騒動と彼女の死去により延期となっていたのだ。

「それですか」

翠珠も努めて明瞭《めいりょう》に応じた。

「対策の方針は固まったようです。要項を記した書面が今日明日中にも配布されるかと思います」

とうぜんながら、第五皇子の祝宴の管轄は宮廷医局ではない。しかし皇子の月齢が七か月目という状況を案じた女子医局長が、後宮の長である呂貴妃《ろきひ》にある進言をした。

それは半年を過ぎた嬰児《えいじ》が、いろいろな病にかかりやすいという実情だった。

一般的に嬰児は、生後六か月までは病にかかりにくい。母親から受け継いだ抵抗力がまだ身体に残っているからだ。それを次第に喪失してゆくのが六か月以降で、さりとて自身の体力はまだ乏しいから、容易に病に冒されやすくなる。

かような事情から嬰児はあまり人混みに出さぬほうがよいのだが、さりとて生誕祝をしないわけにもいかない。これまで宗室での生誕の祝宴は、誕生から比較的早期に行われていた。しかし青巒長公主の件があったため、今回はこの時期になってしまったのだ。

ゆえに宮廷医局は呂貴妃の命を受け、祝宴への参加予定者に直前の体調確認を行うことを決めた。症状を記した紙面を配布し、該当する者は出席を控えるように呼び掛けることになったのだ。

「赤子がかかりやすい病とは、どんなものがあるんだ？」

「疫病（伝染病、流行病《はやり》）に限定すれば、麻疹《はしか》や水痘《すいとう》、風疹《ふうしん》とかですかね。麻疹や水痘は、幼児期に罹患《りかん》していたほうが軽くすむことが多いのですが、第五皇子はまだ嬰児ですから、いま罹《かか》ると危険です」

「そうか。宮廷医局も大変だな」

しみじみと言った夕宵に、翠珠は尋ねる。

「鄭御史も参加なさるのですか？」

「まさか」

夕宵は笑って否定した。

「生誕の祝は、あくまでも内廷の行事だ。官吏は妃嬪の身内のように近しい者でなければ参加はないさ」

語り終えると、夕宵は残った茶を飲み干した。

「ごちそうさまでした」

自分が菓子を提供したのに、喫茶の礼を言って夕宵は立ちあがった。翠珠も見送りのために立ちあがった。

詰所から門までは、いつもなら内院《なかにわ》を突っきるのだが、あいにく今日は雨が降っているので回廊を行く。

内院に敷き詰めた灰白色の化粧石は、朝からの降りつづける雨に打たれて青瓦《がわら》のような濃い灰色に染まっている。植え込みには蕾《つぼみ》を膨らませた萱草《わすれぐさ》が、橙黄《とうこう》色の艶《つや》やかな花弁をのぞかせている。

しとしとと降る小雨のむこうに門柱が見えてきたころ、ぽつりと夕宵が言った。

「結局、実家には帰らなかったんだな」

翠珠は彼を見上げた。

今年の春、翠珠は二年の研修期間を終えた。当初の予定では故郷に戻って、家業を手伝う予定だった。しかし予定を変更して、研修期間が過ぎても宮廷医局に残った。

「青巒長公主様の行く末を見届けたかったのです」

静かに翠珠は言った。雨音に溶けこむような自然な声音になったのは、おそらくずっと誰かに言いたいと思っていたことだったからだろう。

梅雨に入る少し前、後宮の奥でひっそりと亡くなった貴人は、生前翠珠に大きな衝撃を与えていた。

その病状から、長くはないと予測していた。だからそれまでは宮中に留《とど》まり、彼女の死を見届けようと決めていたのだ。

「そうか……」

分かっていたことのように夕宵は応じた。

翠珠と青巒長公主との恩讐《おんしゅう》の経緯を、彼は誰よりも間近で見ていた。

「本当に君は、なにごとからも逃げないな」

「逃げたって、どうにもなりませんから」

夕宵の言葉に、翠珠は正面を見たまま応《こた》えた。

わだかまりに無理矢理蓋《ふた》をしたところで、なにかのおりににじみ出てくることは避けられない。そのたびに胸を痛めるぐらいなら、たとえ大きな傷跡が残ったとしても完全な古傷にしてしまいたい。

けれど、それはあくまでも自分のためである。

自分が痛みに耐える心は培えても、他人の心の痛みを癒《いや》すことには限界がある。ままならぬ世の現実に対しても同じことだ。世の矛盾をただすことは、個人の力では限界がある。医師としての道を歩み始めてから、つくづくそう思うようになった。

「君を見ていると、清々《すがすが》しい気持ちになるな」

門前まで来たところで、ふいに夕宵が言った。

え？　と翠珠は目を瞬かせる。思いもよらぬ言葉だったからだ。

きょとんとする翠珠に笑いかけると、夕宵は手にしていた傘を開いた。油紙を貼った傘は夜の空のような濃い藍《あい》色をしていた。

「まるで梅雨が明けたかのようだ」

朝からずっと雨が降り続いているのに、そんな馬鹿なと翠珠は思った。

「じゃ、また」

そう言って夕宵は門を出ていった。雨粒が傘の上で跳ね、軽やかな韻を刻む。

翠珠はその場に立ち尽くし、次第に遠ざかってゆく夕宵の後姿を見送った。降りしきる小雨で霧が立ち込めたようになった中に、彼の姿が溶けこんで見えなくなったところでようやく我にかえる。

――なにを、いつまでもぼうっとしているのか。

発破をかけるように自らの頬を軽く叩《たた》く。少し熱を持っているように感じるのは、きっと気のせいにちがいない。

翠珠が戻ってくると、錠少士がにやにやして待っていた。どうにもろくでもないことを言いそうな雰囲気だったので、翠珠は上目遣いに彼女を牽制《けんせい》した。しかし先にものを言ったのは錠少士ではなかった。

「最近よく来ますよね。鄭御史」

霍少士が言った。焼菓子のかけらが口許《くちもと》についていることに気づいていない。翠珠は笑いを堪《こら》えつつ「そうね」と同意した。

確かに近頃は、訪問の頻度が増えた。今日は少し長居をしたが、ほとんどが直ぐに戻るのであまり評判になっていないが。

「よく差し入れをくれるから、申し訳ないわ」

「李少士のためでしょ」

率直な言葉をあまりにも軽々と告げられ、翠珠は目を瞬かせて錠少士を見る。

もちろん、夕宵が自分に親しみを持ってくれているのは分かっている。翠珠自身も彼に好意を抱いている。たがいへの厚意が頻繁な訪問につながっていることは承知しているが、だからといって他人から翠珠のためなどと言われると戸惑う。

翠珠は、夕宵のことを尊敬している。

同じように、夕宵が自分を尊敬しているとは思っていない。けれど彼が自分を尊重してくれていることは切に感じる。

好意、厚意、尊敬、尊重等の様々な思いが入り混じる自分の感情を、どう表現すべきか翠珠はまだ分からない。

「私のためって……」

「だって青巒長公主様が亡くなられてからよ。鄭御史の訪問頻度が増えたのは、その頃からだ。指摘されてあらためて気付く。確かに彼の訪問頻度が増えたのは、その頃からだ。

――ああ、そういうことだったのか。

すとんと腑《ふ》に落ちた。翠珠は卓上に残った焼菓子を見つめた。

青巒長公主のときも、その前の河嬪《かひん》のときも、夕宵は慰めの言葉などひとつもかけなかった。それは彼がそれらの件を、医師である翠珠が一人で乗り越えなければならぬ壁だと知っていたからだ。

けれど必死に前をむこうとする翠珠を、夕宵はずっと見守ってくれていたのだ。

――本当に君は、なにごとからも逃げないな。

そうだ。あの人はいつも、厳しくて優しい。

翠珠は皿に残った菓子を手に取った。口に含むと、嚙《か》み応《ごた》えのある生地から、じわりと優しい甘さが口腔《こうこう》内に広がった。


第五皇子の生誕祝はつつがなく終わった。

なにをもってつつがなくというのかは、それぞれ立場によってちがう。今回はあくまでも宮廷医局にとってのつつがなく、だ。

しかし後宮としては、一波乱起きたことになるらしい。

「まあ、そうでしょうね」

小雨に濡《ぬ》れた宮道を進みながら冷ややかに言ったのは、すらりとした身体に緑色の比甲を着けた絶世の美女だ。この時季の庭園で気まぐれに色を変える紫陽花《あじさい》、色とりどりの花菖蒲《はなしょうぶ》も色褪《いろあ》せて見えるほどの美貌《びぼう》である。おそらく後宮のどんな美姫《びき》よりも美しいこの女子医官の名は、晏紫霞《あんしか》という。以前は翠珠の指導医だったが、研修期間を終えた今は先輩、後輩の関係である。

「結局、栄賢妃《えいけんひ》様の担当は晏中士が継続ですものね」

青紫色の傘をくるりと回しながら翠珠は言った。

栄賢妃とは栄嬪のことだ。第五皇子を産んだことにより、彼女は嬪から妃へ昇格が決まった。妃になると中士ではなく大士が担当するので、てっきり紫霞はお役御免となるのかと翠珠は思っていた。

しかしそうではなく、あらたに大士が担当として付くだけで、診察を中心となって行うのが紫霞であることに変わりはないのだという。ついでに補助役としての翠珠の役目も変わらないということだった。

「継続を望まれたのは不満を抱かれていないということだから、その点ではありがたいのだけどね」

などと言いつつも紫霞の表情には、若干の無念がにじみでている気がした。ひょっとしたらこれを機に、わがままで横暴な栄賢妃の担当を辞められると期待していたのかもしれない。

気持ちは分かる。翠珠だってあんな暴君のような患者を担当させられたら、退職を希望するかもしれない。補助役だからなんとか耐えていられる。そのいっぽうで、これはけして本人に言えないが、栄賢妃の担当として紫霞はあんがい適任なのではとも思うのだった。

圧倒的な美貌を誇り、医師としても優秀な紫霞を、栄賢妃は彼女なりに一目置いているように見える。しかも紫霞は担当医として、栄賢妃の窮地を何度も救っている。これほど優秀で美しい者が自分の担当であると、美しい宝石を持つような感覚で誇りに思っているようにもみえるのだ。

とかく美人は同性から妬《ねた》まれやすいというが、紫霞程に抜きん出ていると、もはやそんなくだらない嫌がらせの対象にはならない気がする。翠珠は美貌を理由に他人に嫌がらせをしようと思ったことは一度もないので、あくまでも想像にすぎないが。

「まあ西六殿も、胡《こ》貴妃様に差配が任されたから少しは落ちつくでしょう」

紫霞が言うように、西六殿の差配役は孫嬪《そんひん》から胡貴妃にと変更になった。紫苑《しおん》殿の孫嬪が淑妃《しゅくひ》に昇格して東六殿の木蓮《もくれん》殿を賜ったからだ。

後宮の中心には、皇帝宮と皇后宮が南北に並んでいる。その東西に妃嬪の住まう殿が六つずつ並んでいる。

東六殿は、木蓮殿、芍薬《しゃくやく》殿、薔薇《そうび》殿、睡蓮《すいれん》殿、木犀《もくせい》殿、桃花《とうか》殿。

西六殿は、菊花殿《きくかでん》、梅花殿《ばいかでん》、蠟梅殿《ろうばいでん》、紫苑殿、梨花殿《りかでん》、芙蓉殿である。

東西十二殿と呼ばれるこの中でも、木蓮殿、芍薬殿、菊花殿、梅花殿の四殿は特に格が高い建物であり、妃嬪の中でも上位とされる四妃・貴妃、淑妃、徳妃《とくひ》、賢妃《けんひ》に与えられる。

今回、唯一の妃であった呂貴妃が、さらに上の皇貴妃《こうきひ》に昇格した。皇貴妃は側室の中では最上位の位階だ。なお住居は変わらずに芍薬殿のままである。

空位となった貴妃には胡嬪がつき、梅花殿を賜る。孫嬪が淑妃となり木蓮殿に。そして栄嬪が栄賢妃として菊花殿の主となった。

これをきっかけに呂皇貴妃は、西六殿を胡貴妃に、東六殿を孫淑妃にと、それぞれ差配を委任した。今後呂皇貴妃はかぎりなく皇后に近い立場として皇帝を支え、総合的に後宮の運営を担うこととなる。

「胡貴妃様と孫淑妃様の冊封《さくほう》は、呂皇貴妃様のご意向でしょうか？」

翠珠は尋ねた。男児を産んだ栄賢妃の昇格は、誰もが予測していた。しかし子を持たぬ二嬪の昇格は予想外のことだった。しかも二人の貴妃と淑妃という封号は、四妃の一位と二位なので、四位の賢妃より上回る。おかげで栄賢妃がたいそうなご立腹だと噂では聞いたが、昇格以降は会っていないのでよく分からない。

呂皇貴妃の意向を、紫霞に尋ねたのには理由がある。

もろもろの経緯があり、紫霞は少し前まで彼女の担当も兼任していたのだ。もちろん正規の担当医は、東六殿管轄の冬大士《とう》である。ともかくそのような事情から、紫霞は呂皇貴妃側の内情に詳しかった。

「確かにそうだけど、皇帝陛下もご承知の上よ」

道すがら紫霞が教えてくれたのは、胡貴妃と孫淑妃の配置に対する呂皇貴妃の意向であった。

もともとは胡貴妃が東六殿、孫淑妃が西六殿に住んでいた。今回の昇格で、その場所が入れ替わったことになる。その目的は、胡貴妃に栄賢妃を抑えさせるためなのだという。

呂皇貴妃の配慮により、これまで西六殿は孫淑妃が差配していた。しかし子もなく寵《ちょう》愛《あい》も乏しい彼女を栄賢妃ははなから侮っており、加えて孫淑妃自身がおとなしい気質ということもあり、なかなか手綱を締めることができなかった。

そこでこれを機に、東六殿の胡貴妃と配置転換をしたのである。

「胡貴妃様は気丈なお方なのですか？」

「もともと東六殿の方だから、私もお人柄はよく知らないわ。けどあちらの医官の話では、とても聡明《そうめい》でしっかりした方だということよ。陛下と呂皇貴妃様からの信頼も篤《あつ》いと聞いているわ」

「そうなんですか。では、お会いするのが楽しみですね」

いま翠珠と紫霞がむかっているのは、その胡貴妃が住む梅花殿だった。

　彼女が移ってからすぐに、西六殿を担当している医官全員が挨拶《あいさつ》に参じた。しかし紫霞と翠珠は、とつぜんの栄賢妃の体調不良の訴えにより同行ができなかったのだ。駆けつけてみればたいした症状ではなかったので、あるいはただの嫌がらせだったのではといまでも疑っている。翠珠と紫霞にというより、どちらかというと胡貴妃に対してのものである。

　敷石を並べた宮道を進むと、やがて緑の塗装をした門が見えてくる。さらに歩を進めると、正面に『梅花殿』と記した看板《かんばん》が堂々と掲げられていた。

　門をくぐった先の回廊で、若い女官と宦官がなにか話しあっていた。宦官のほうに覚えはなかったが、女官には見覚えがあった。

「晏中士、あの女官……」

　翠珠がささやくと、紫霞は渋い顔でうなずいた。

　栄賢妃付きの女官である。名前までは知らぬが、紫霞について診察に行ったときにときどき見かけていた。

（ということは、栄賢妃が訪ねてきているの？）

　仲のよい妃嬪達が、たがいの殿を訪ねあうことは珍しくない。しかしあの栄賢妃に親しい妃嬪がいるとは思えない。そもそも胡貴妃の昇格と差配役への指名に不満を抱いていたのだから、親しみを持って胡貴妃を訪問するはずがない。もしかしたらただの使いかもしれないが、いずれにしろ良い目的とは思えない。

「日をあらためたほうが、いいかもしれないわね」

独り言《ご》ちるように紫霞が言ったとき、宦官と話していた女官が気配を察したようにこちらをむいた。

「晏《とう》中士、李少士」

「桃女官」

呼びかけられた紫霞が彼女の姓を呼び返した。白緑色《びゃくろく》の短衫《たんさん》と鉛白色の裙《くん》という、若い女官の夏のお仕着せ姿。年のころは翠珠とあまり変わらなそうなこの女官を、栄賢妃は『蓉茗《ようめい》』と呼んでいた。

それぐらいまでは覚えているが、翠珠は紫霞ほど頻繁に栄賢妃を訪ねないので、その程度の認識しかなかった。いま目の当たりにすると、中背だがすらりとした肢体と利発そうな涼やかな目が印象的な、きれいな娘だった。

翠珠と紫霞は回廊の下で傘を閉じ、蓉茗の傍まで歩いて行った。

「栄賢妃様がおいでなのですか？」

「はい。まもなくお戻りになられると思いますが……」

紫霞の問いに、蓉茗は語尾を濁す。

なんで？　と率直には訊《き》けないでいると、それまで黙っていた宦官が口を開いた。

「第五皇子を連れてまいられました」

翠珠は宦官を見た。三十を少し越したくらいと思われる。土気色の顔がぱっと見に不健康に見えるが、その表情には愛嬌《あいきょう》がある。肥満ではまったくなかったが、全体的に丸みを帯びた柔らかい印象の持ち主だった。

黒地に青の文を縫いとった袍《ほう》は、妃嬪付きで役職にある宦官の官服だ。これが下級宦官だと、薄墨色の粗末な官服になる。色を濃く染めるには、染料をそのぶん多く使わなければならないから、身分の低い者の官服は薄くなる。

「え？　なぜ、そんなこと」

単純な疑問を思わず口にすると、宦官はちょっと困った顔をした。

「こちらとしても戸惑っています」

「すみません、呉《ご》太監。私もお止めしたのですが」

申し訳なさそうな蓉茗に、呉太監と呼ばれた宦官は苦笑交じりに答えた。

「しかたがありませんよ。お諫《いさ》めして、きいてくださるような方でないことは主も承知いたしております」

呉太監のいう主とは、胡貴妃のことだろう。つまり栄賢妃が、周りが止めるのも聞かずに胡貴妃を訪ねてきた。しかも蓉茗と呉太監の反応を見るかぎり、あらかじめ連絡をして訪ねたようでもない。

「第五皇子を、お連れしているのですか？」

紫霞が柳眉《りゅうび》を寄せた。その反応もしかりである。

いったい栄賢妃は、なんのために生誕祝に入場制限をかけたのか分かっているのだろうか？　平生の梅花殿に宴席ほどの人数の出入りはないだろうが、六か月以降の嬰児《えいじ》に抵抗力がないことにかわりはないというのに。

胡貴妃に子供がいないというのも、うがって考えればいやらしい。子のできぬ相手に対し、これみよがしに見せつけているようにも思える。なにしろあの栄賢妃だから、それぐらいはするだろうと考えてしまう。

呉太監は、紫霞と翠珠の顔を交互に見た。

「私は、胡貴妃様の首領太監でございます。お二人がこの梅花殿に挨拶に来ることは聞いておりましたので、栄賢妃様と鉢合わせたら面倒なことになりはしないかと、桃女官に相談をしていたのです」

気配りに翠珠は感心した。首領太監とは、妃嬪《ひひん》付きの筆頭宦官である。

鉢合わせたところで咎《とが》められる理由はないが、そういうまともな理屈が通らないのが栄賢妃である。

「ならば、いったん出直しましょうか？」

紫霞の提案に蓉茗は「いえ」ときりだした。

「そろそろお戻りになると思いますわ。そう、長居はなさらないはずです」

そりゃあ歓迎されていないだろうから、という言葉は呑《の》みこむ。

「ようは鉢合わせなければよいわけですから、少しの間だけ、どこかに隠れていていただけませんか」

「それがよろしい。ご案内します」

蓉茗の提案に呉太監が同意する。

それで翠珠達は内門をくぐり、右手にある套間《こべや》に入った。そこでしばらく待機していると、院子《にわ》から刺々《とげとげ》しい栄賢妃の声が聞こえてきた。季節柄、扉の代わりに簾《すだれ》を下ろしていたのでそっと盗み見ると、ぞろぞろと連れている女官や侍女達になにか言っている。話しかけられていたのは蓉茗だった。栄賢妃に柄の長い傘をさしかけている。

「なに、どうかしたの？」

「いえ、ちょっと腿《もも》がかゆくて。虫に刺されたみたいです」

「いやあね、もう蚊が出ているの？　女なんだから痕《あと》が残らないように気をつけなさいよ」

栄賢妃と蓉茗のやりとりに翠珠は驚いた。些細《ささい》なこととはいえ、栄賢妃が下の者を慮《おもんぱか》るような言葉を口にしている。

「意外……」

「桃女官は、栄賢妃様のお気に入りなのよ」

ぼそっと漏らした翠珠の思いを察したように、紫霞が言った。

「そうなんですか？」

「顔も可愛いし、気が利く頭のよい子なのよ。病状や処方の説明もすぐに理解して、栄賢妃様に適確に伝えてくれるから、私も頼りにしているわ。菊花殿の中で、栄賢妃様に手をあげられていない唯一の娘じゃないかしら」

　それもなかなかの実情である。

「だから、猛獣使いと呼ばれているらしいわ」

　声をひそめた紫霞に、翠珠はつい噴き出してしまう。誰が思いついたのか、実にうまいことをいう。ともかく蓉茗が女官としてとても優秀なことは分かった。

　栄賢妃一行が内門を出てすぐに、簾をかきわけて少女が入ってきた。粗末なお仕着せは女官ではなく宮人のものである。

「どうぞ、ご案内します」

　はきはきとした物言いは、栄賢妃のところの宮人には見られないものだ。あそこの宮人や下級宦官は、主《あるじ》のみならず、それにぴりぴりする上の者達の叱責《しっせき》にいつもおびえているように見えた。

　前庁《ぜんちょう》（ホール）を抜けて部屋に入ると、葡萄《ぶどう》色の大袖衫《おおそでさん》を着けた女性が、窓際に設《しつら》えた火炕《かこう》に座っていた。もちろんこの季節だから火は入れていない。長椅子のような形で使っているだけだ。真ん中に酸枝《さんし》木《ぼく》製の卓が置いてあり、茶器と果物を盛った皿がある。無花果《いちじく》に桜桃、瓜《うり》などの旬を迎える瑞々《みずみず》しい果物は、ひょっとして栄賢妃に出したものであろうか。

　後宮第二位の妃・胡貴妃は二十八歳。すらりとした長身に、明るく知的な表情。この季節のじめじめした空気を吹き飛ばすような、爽《さわ》やかな美貌《びぼう》の持ち主だった。

「胡貴妃様にご挨拶《あいさつ》申し上げます」

翠珠と紫霞は跪《ひざまず》いた。二人に立つように促してから、胡貴妃は苦笑交じりに言った。

「待たせてしまったようね」

「いいえ。こちらこそ間が悪くて申し訳ありませんでした」

「あなた達は最初から時間を指定していたのだから、なにも悪いことはないわ。先約があると言って追い返せばよかったのだけど、あとのことを考えると面倒くさくてね。それにしても、わざわざ皇子を連れてこなくてもいいのに。私への当てつけはかまわないけれど、自分の子供を危険にさらしてどうするのかしら」

あっけらかんと語る胡貴妃に、翠珠と紫霞は目を見合わせた。

なるほど。やはり、栄賢妃の意図はそれだったのか。おそらく危険性を深く認識していないのだろうが、にしても浅はかすぎる。しかも肝心な嫌がらせが、胡貴妃に効いているようには見えない。

「あら、うっかりこんなことを口にしてしまって。あなた達は栄賢妃を担当しているのよね」

冷やかすような物言いに、さすがに紫霞も苦笑する。

「診察に必要ではない情報は、どなたが相手でも他言いたしません」

「それなら、安心ね」

朗らかに胡貴妃が応じたあと、傍付きの女官が言った。

「貴妃様、お茶のお代わりをお持ちしましょうか？」

「いただくわ。あと、この果物は宮人達に下げてちょうだい」

「よろしいのですか？　無花果を少しお召しになっただけでは」

「それだけで十分よ。あまり果物ばかりを食べるのも、よくないでしょう」

翠珠と紫霞のどちらにともなく問う。紫霞が「そうですね。何事も〝過ぎたるは猶《なお》及ばざるが如し〟ですから」と言った。

胡貴妃は「ほらね」とばかりに、女官に目配せする。

「それにこのまま置いていても、腐ってしまうだけだもの」

「みな、喜びますわ」

女官が人を呼ぶと、先程の案内役の宮人の少女が入ってきた。果物をもらえると聞いた彼女は顔を輝かせた。栄賢妃のところの宮人とは、えらい待遇の違いである。

（栄賢妃様のところに配された人達が、特に運が悪いだけかもだけど）

厳格で気難しい芍薬殿の呂皇貴妃。底意地が悪いと評判の薔薇殿の順嬪《じゅんひん》。話すのに神経をつかう妃嬪は幾人かいるが、栄賢妃のように常軌を逸した癇癪《かんしゃく》持ちはいない。ただでさえ虐げられる立場の宮人や下級宦官《かんがん》は、些細な落ち度で虐待紛《まが》いの罰を加えられているというから悲惨である。

皇子を産んだ栄賢妃の上に、胡貴妃と孫淑妃という二人の妃を置くことに、異論はあっただろう。しかし栄賢妃の性格を考えれば、どうあっても後宮のために必要なことだったにちがいない。

翠珠は正面の胡貴妃の麗姿をあらためて見つめる。この人が差配役となるのなら、西六殿は落ちつきそうだと思った。


幾日も降りつづける雨が花弁を濡《ぬ》らし、気まぐれに色を変える紫陽花《あじさい》をより鮮やかに引き立てている。今年はどうやら長梅雨らしいと人々が話しはじめた頃、第五皇子に異変が起きた。

その日の早朝。菊花殿の宦官が、ずぶぬれになりながら杏花舎に駆け込んできた。

「全身に赤い発疹《はっしん》が出て、発熱しておられるようです」

その訴えを聞いた医官達のほとんどが、まず水痘《すいとう》を疑った。熱と発疹が出る病は、麻疹《はしか》、風疹《ふうしん》、丹痧《たんさ》（猩紅熱《しょうこうねつ》）、痘瘡《とうそう》等があるが、初発症状の様子を聞くかぎり、水痘の可能性が高かった。他の四つも同じだが、非常に伝播力《でんぱりょく》の高い疫病である。

「私が行ってきます」

険しい顔をする紫霞に、翠珠は名乗りをあげた。

紫霞を行かせるわけにはいかない。なぜなら彼女に水痘の既往がないからだ。

疫病はその多くが、一度罹患《りかん》すれば二度とかからないという特質を持つ。もちろん例外もあるが、水痘は該当する。そして翠珠は水痘の既往がある。麻疹も風疹も罹患しているし、痘瘡にかんしては痘苗《とうびょう》を接種している。加えてこれらの疫病は、大人になって罹《かか》ると重症化しやすい。

「すぐに行って、第五皇子の症状を確認してまいります」

「分かったわ。医局長には私が報告しておく。ああ、あなた」

入口で立ち尽くす宦官に紫霞は言った。年齢は十四、五歳と思われるが、幼少期に浄身を受けた者は二次性徴が顕著ではないので、その年ごろは特に判別がしにくい。

「先に戻って菊花殿の人達全員に、水痘に罹ったことがあるか否かを訊《き》いておいてちょうだい。罹ったことがない人がいたら、ひとまず皇子様とは離れた部屋に移動するように――」

この段階で少年宦官は混乱した顔をしている。それを察した紫霞は「それを、桃女官に伝えてちょうだい」と言った。彼が紫霞の要求の内容そのものを理解できていないのなら意味はないが、自分に差配ができるかを心配しているのなら解決する。はたして少年宦官はほっとした顔で「はい」と応《こた》えて、引き返していった。

あたふたと準備をして、翠珠は菊花殿にむかった。右手に傘。左手に木製の薬箱。中身は紫霞や他の医官からの意見を受けて選択した当座の薬である。

内門をくぐると、正面扉前の基壇に蓉茗が立っていた。彼女は翠珠の顔を見ると、傘を持って駆け寄ってきた。敷石の上をはねる水滴が鉛白色の裙《くん》に跳ね上がる。こんなときになんだが、なぜこんな汚れが目立つ色をお仕着せにしたのだろうと思った。

「李少士、よく来てくれました」

おそらくだが、蓉茗から直に話しかけられたのはこれがはじめてだ。すっきりとまとめあげた髷《まげ》に控えめな銀の簪《かんざし》。化粧も必要最小限の薄いものだが、若くて素肌が美しいのでそれで十分だった。

「第五皇子様のお加減はいかがですか？」

「赤子ですので訴えがありません。あくまでも私の印象ですが、熱はさほど上がっていないようです。ですが発疹のほかに、しきりに鼻水やくしゃみをしていらして、それがお苦しいのかずっとむずがっておられます」

その症状なら、水疸でまちがいないだろう。ならば確認せねばならぬことがある。

「桃女官は、水疸に罹ったことがありますか？」

翠珠の問いの意図を、蓉茗はすぐに察した。

「あります。洛延《らくえん》から話は聞きました。水疸に罹ったことのない者は、廂房《しょうぼう》に移らせました」

脈絡からして、洛延とは報《しら》せに来た少年宦官だろう。少なくとも彼よりも、蓉茗は紫霞の意図をくみ取っていそうだ。本来であれば水疸の疑いのある第五皇子を移したほうが早いのだろうが、診断もつかぬうちでは栄賢妃が納得するまい。ちなみに栄賢妃には既往があると診療録に記載してある。

蓉茗のあとにつづいて回廊を進み、奥の部屋の扉を開いたせつな「お前たちは、なにをしていたのよっ！」と金切り声が聞こえてきた。やっぱり、とうんざりしつつ奥に進むと、あんのじょう寝台の前で栄賢妃が喚《わめ》き散らしていた。

「早く、医者を呼んで。陛下にもお知らせしてちょうだい！」

「栄賢妃様、医官が参りました」

蓉茗の呼びかけに栄賢妃は顔をあげ、彼女の後ろに立つ翠珠に露骨に不満気な顔をした。まあ、気持ちは分かる。大士とまでは言わずとも、せめて中士の紫霞が来ると思っていたのだろう。

なにか言われるより先に、翠珠は事情を説明した。

「晏中士は水痘に罹ったことがありません。第五皇子様が水痘であった場合、彼女にうつってしまう可能性がありますので、罹患歴のある私が参りました」

「職務怠慢でしょ！　だいたい医官一人より、帝《みかど》の御子のほうがずっと大切よ」

まったく予想通りの暴言である。わが身を削っても患者に献身する。それが尊き皇統に連なる者ならなおさら——大義的にはそうかもしれないが、たいていの人間は主人より自分の命が大切だ。

そもそも忠義だけで、危険も顧みずに疫病治療にあたるなど医師として愚の骨頂である。自分が伝染源となって、さらなる疫病拡大につながりかねない。そんなことになればもはや犯罪の域になる——と、正直に言えるわけがない。

「急なことで他の医官達も在席ではありませんでした。病の状態を確認しましたら、のちほど上の医官が参りますので」

「栄賢妃様、ひとまず診てもらいましょう。皇子様も苦しんでおいでですから」

蓉茗が助け舟を出してくれた。それで栄賢妃はむっとした顔をしながらも「しかたないわね」と吐き捨てた。猛獣使いとはよく言ったものだと、あらためて納得した。

翠珠は寝台のそばに寄る。子供用の寝台は黄花梨《こうかりん》製で、柵《さく》には精緻《せいち》な透かし彫りを施してある。転落防止のための意匠だが、この状態では診察が行いにくいので、長椅子に移してもらうように依頼する。乳母と思《おぼ》しき三十歳くらいの女性が、第五皇子を抱え上げた。

あらためて第五皇子の様子を一目する。赤い発疹がまばらにみられる。額に手をあてただけの印象だが、熱はさほど高くなっていないようだ。大人の親指ほどの細い手首に触れて脈を診る。

(浮で、数)

皮膚に触れて、すぐに脈が触れるものを浮脈という。一般的に病変が浅い部分にあることを示す。そして数脈《さくみゃく》とは通常より脈数が多いことで、いわゆる頻脈である。こちらは熱性の状態を示唆する。もっとも子供は大人にくらべてだいたいが頻脈なので、個々の通常の脈数を認識していなければ判断が難しい。

ただしこの脈の状態は、水痘の典型的な所見である。

「水痘でまちがいないと思います」

　翠珠の診断に、栄賢妃は悲鳴をあげた。

「なんで、そんなことになるの⁉　ここにはそんなのに罹っている者なんて一人もいないわよ。誕生祝だって、宮廷医局が取り計らったはずでしょ！」

「おちついてください。幸いなことに現状は比較的軽度の邪気です。熱が高くならなければ、数日で治まるでしょう」

「あてになるの？　お前のような新米医官の診立てが」

　栄賢妃はじろりと翠珠をねめつけた。腹立たしさから引きつりそうになる顔を、翠珠は必死に取りつくろう。まったく、なぜにこうも攻撃的で度し難いのか。卒中発作などを起こした高齢者が発症後に急に怒りっぽくなることがあるが、それに近いというか、ちょっと病的に感情が制御できていない気がする。

「私はあくまでも救急で来た立場。のちほど経験豊富な医官が参りますので、その者の診立てをお聞きください」

　などとなだめるように言うが、栄賢妃はふんっとそっぽをむくばかり。これ以上話をしても埒《らち》があかぬと割り切り、翠珠は女官達のほうをむいた。

「薬を持ってきましたので、どこか煎《せん》じる場所はありませんか？」

「こちらに」

　素早く蓉茗が、回廊に通じる扉を開く。少し先の広くなった部分に、椅子と小卓が置いてあり、そこに茶器と茶炉が置いてあった。

「この時季の花が一望できるので、こちらで陛下や客人と喫茶をなされるのです」

確かにここから見えるだけでも、紫や水色の紫陽花の他にも、大理石の水槽には白や薄紅の睡蓮《すいれん》の花が咲いている。色鮮やかな花弁が雨に濡《ぬ》れたさまなど、なんとも風情があって美しい。

しかし観賞をするのは、せめて火にかけてからである。なにしろ煎じ薬はじっくり煮詰めなければならないので時間を要するのだ。しかも嬰児《えいじ》が飲めるように冷ますことまで考えれば、最低でも四半刻《こく》はかかる。

蓉茗と彼女に呼ばれた宮人の手をかりて、茶炉に火をかける。待ち時間に第五皇子の様子を見にいくべきかとも思ったが、杏花舎以外の場所で薬を煎じる場合、医官が自分で行うことが原則なので諦《あきら》めた。どこでどんな手違いが起こるか分からないからだ。煎じあがるまで薬缶《やかん》から目は離せない。

第五皇子になにかあれば、すぐに呼んでもらうように伝えて、腰を下ろす。椅子は蓉茗が宮人に指示して持ってこさせた繍墩《しゅうとん》（屋外に置くための太鼓型の椅子）である。帝や賢妃が使う椅子に座るなど、あまりにも不敬である。

「あ、そうだ」

翠珠は椅子を持ってきた宮人に話しかけた。十四、五歳頃だろうか。まだ、あどけなさが残る少女であった。

「その間に報告書を書くから、杏花舎に届けてもらえない？」

「あ、その……」

言いながら宮人の少女は、おどおどしたふうに蓉茗の反応をうかがう。どうやら彼女の指示が必要らしい。

「もちろんです」

蓉茗が言ったので、翠珠は膝《ひざ》に置いた帳面に報告を記す。

発熱、発疹《はっしん》、脈や舌の様子から、おそらく水痘《すいとう》であること。薬は銀翹散《ぎんぎょうさん》を投与したこと。第五皇子の周辺から、水痘の既往がない者をすでに遠ざけていること。

「じゃあ、これをお願い」

「虹鈴《こうれい》、いっていらっしゃい。ああ、傘は私のを使っていいわ」

「お借りしていいのですか」

虹鈴は声を弾ませた。傘も与えられていないのかと驚いたが、後から聞くと奴婢《ぬひ》達に共有の傘はあるが、人数分はないので早い者勝ちになってしまうのだという。杏花舎に来た少年宦官《かんがん》がずぶぬれだったのは、そういう理由だ。

いずれにしても栄賢妃のもとで彼女等は、あまりよい扱いは受けていないようだ。果物をもらって顔を輝かせていた、胡貴妃のところの宮人とは境遇がちがいすぎる。

「いいわよ。李少士の報告書が濡れたら大変だもの」

穏やかに蓉茗は言った。虹鈴が離れたあと、蓉茗は翠珠にむきなおった。その眸《ひとみ》に険しい光が浮かぶ。

「やはり生誕祝の日に、誰かからうつされたのでしょうか？」

「あの段階で、水痘を発している参加者はいませんでした。けれど本人が気付かないだけで、戻気《れいき》（この場合はウイルスや細菌等の目に見えない病因）を体内に抱えた人がいたのかもしれませんね。もしかしたら、今頃発症しているのかも――」

蓉茗は肩を落とした。

「だとしたら、とうていその人は責められません。けれど栄賢妃様が知ったら騒ぎになるでしょう」

本当にありそうな展開だ。しかし生誕祝に参加したのは宗室の縁者が中心で身分の高い者ばかりだから、栄賢妃も誰にも文句は言えないのではないか？　そのむねを告げると、蓉茗は拍子抜けした顔になる。

「あ、そうですよね」

しごく当たり前のことを、まるで盲点をつかれたかのように言う。しっかり者の印象があっただけに、意外な反応だった。

「ぜんぜん気づかなかった。よかった、心配していたんですよ」

「桃女官のようにしっかりした方でも、そんなことがあるのですね」

翠珠が笑うと、蓉茗は悪戯《いたずら》が見つかった子供のような顔をした。

「しっかりしているって、そんなことぜんぜんないですよ。私はむしろ李少士のほうがすごいなと思っていたのに。だって芙蓉殿にいた頃、栄賢妃様の眩暈《めまい》の原因に気付いたのは李少士だと聞きましたよ」

「あれはたまたま気が付いただけです。桃女官こそ、栄賢妃様から深く信頼されておいでで」

などと二人で謙遜《けんそん》しあっているうちに、すっかり打ち解けてしまった。ちょっと探ってみると同じ年だと分かったのも大きな要因だった。おかげで薬を煎じ終えた頃にはかなり砕けた口調で話すようになっていた。

「栄賢妃様も、入宮した頃はいまみたいに怒りっぽくはなかったのだけどね」

こそっと蓉茗が口にした言葉が意外過ぎて、翠珠は目をぱちくりさせる。その反応に蓉茗は苦笑した。

「確かにわがままではあったけど、いまのような癇癪《かんしゃく》持ちではなかったのよ。虫の居所が悪くて当たられることはあっても、話の分からない方ではなかったの。それがだんだんといまのような感じになって、やっぱりいくらご寵愛《ちょうあい》が深くても、後宮の生活はいろいろ神経を削るんだろうなあって思ったわ」

「……そうなんだ」

それだけ後宮の生活が緊張したものだというのは、なんとなく納得できる。

しかし他の妃嬪《ひひん》であそこまで極端な性格の人はいない。瘿病《えいびょう》やら奔豚気《ほんとんき》やらを患って体調が最悪だったときの呂貴妃はかなり怒りっぽかったが、それでも道理は通じていたし、なにより弱い者を虐待などしていなかった。元の人間性の差だとすれば、それまでの話であるが。

沙鐘《すなどけい》が終わったので、火を消してから丁寧に煎じ薬を濾《こ》した。第五皇子に飲ませるには、これを人肌ほどまでには冷まさねばならない。

「最初は私が差し上げるわ。あとは、昼と夜に飲ませてさしあげて」

「分かったわ」

承知したあと、蓉茗は口調を変えた。

「でも良かったわ。菊花殿の大半が、水痘に罹《かか》ったことがある者だったから」

いま廂房《しょうぼう》に移動させられているのは、宮人の二人のみだという。

「そうよね。もしも逆だったら、殿の運営が成り立たなくなるよね」

「そりゃあね。この広い殿を宮人二人だけじゃ、どうにもならないわ」

冗談めかして蓉茗は言うが、そんなことになったら当事者二人は過労で倒れてしまいそうな気がする。

そこで翠珠は、口調をあらためた。

「ただ、その二人にも数日は注意していて。まだ発病しないだけで、もしかしたらすでに皇子様の水痘がうつっているかもしれないから。それに気付かないで外に出て、他所《よそ》の人達にうつしてしまったら西六殿は大混乱に陥るわ」

最初はふんふんと相槌《あいづち》をうちながら聞いていた蓉茗だったが、あとのほうは顔を強張《こわば》らせていた。

「分かったわ。あの二人は生誕祝の場にはいなかったから、うつったとしたら皇子様からということよね」

つまり彼女らが水痘に罹患《りかん》していたら、皇子より遅れて発症する可能性が高い。

翠珠は首肯したあと、ふと思いついたように言った。

「今回は関係ないと思うけど、蛇串瘡《じゃせんそう》(帯状疱疹《たいじょうほうしん》)から水痘がうつることもあるのよね」

「え？」

蓉茗は驚きの声をあげた。

「なんで？　ぜんぜん違う病じゃない」

「そうなんだけど、不思議と多いのよ。誤解がないように言うと、蛇串瘡が他人にうつることはまずないから」

蛇串瘡とは、局所的な赤い発疹と水疱、そして強い疼痛《とうつう》を伴う皮膚疾患である。順調に経過すれば数日から十日程で治癒するが、合併症としての疼痛が尾を引く症例が一定数存在する。患者のほとんどは壮年期以降の成人で、この病自体が人にうつることはない。

「ただ蛇串瘡の患者のそばに水痘の既往がない人がいると、結構な確率で水痘を発症するらしいの。そうなると同じ房気が原因なのかとも考えられるけど、だったら蛇串瘡そのものが疫病になりそうなものだから、真相はよく分からないのよ」

話がやや専門的になってしまったからか、蓉茗はわけのわからぬ顔をしていた。

「つまり第五皇子様の水痘発症の原因が、蛇串瘡の患者という可能性があるということ？」

「あくまでも可能性よ。弁証論治《べんしょうろんち》（東洋医学の基本的な診断・治療手段の決定方法）で証明されているわけじゃなくて、そういう症例がいくつか報告されているというだけの話だから」

専門的になってしまった説明に、蓉茗は混迷を極めた顔になる。ともかく水痘に罹患していない二人への注意点は伝わっているので、翠珠は話題を変えることにした。

「煎《せん》じ薬、いい具合に冷めたみたい」

「あ、じゃあ行きましょうか」

蓉茗もあっさりと乗り換えた。

「そろそろ行かないと、栄賢妃様が周りにあたりだすから」

こそっと蓉茗は言う。薬に変な手が加えられぬよう、医官と女官という立場で煎じる作業を見守るとして、ここに来る前に栄賢妃に説明はしてきたのだが。そういう道理が通じないあたりが、入宮して変わってしまったところなのかもしれない。

（それでも――）

翠珠は並んで歩く蓉茗の存在に安堵《あんど》していた。そんな栄賢妃の手綱をうまくとっている彼女の存在は、菊花殿の者達には救いなのかもしれないと思ったのだ。

そのあと菊花殿を訪れた大士により、第五皇子に水痘《すいとう》の確定診断がおりた。幸いにして経過は良好で、発熱はさほどでもなく、八日ばかりで発疹《はっしん》は痂《かさぶた》となって剝《は》がれ落ちた。こうなると人にうつす心配もなくなるので治癒としてよい。ちなみに罹患歴のない二人の宮人は要観察として数日套間《こべや》で過ごさせていたのだが、発症しなかったので、第五皇子の回復までは内務府の雑用に回されていたということだった。

皇子の回復を待っていたように梅雨が明け、景京の街に夏のまぶしい日差しが照りつけるようになった頃、翠珠は胡貴妃が住む梅花殿に呼ばれた。

「胡貴妃様にご挨拶《あいさつ》申し上げます」

翠珠とともに跪《ひざまず》いている女性は、歴《れき》大士。第五皇子を担当した医官である。主治医ではなかったが、小児科と熱病が専門分野だったので、医局長の判断で今回は彼女に任されたのだ。

胡貴妃は二人の医官を立ち上がらせた。梔子《くちなし》の花を縫いとった玉緑色の大袖衫《おおそでさん》。紗《しゃ》の生地なので、華奢《きゃしゃ》な肩とすんなりと伸びた腕が透けて見える。同じく紗の生地を重ねた白の裙《くん》。目にも爽《さわ》やかな組み合わせは、この時季の着こなしにふさわしい。

「そなた達のおかげで、第五皇子は快癒しました。陛下の御子を守り奉った力量は見事でした」

「いえ、第五皇子様の天賦の賜物でございます」

歴大士が応《こた》えるそばで、翠珠はひたすら黙していた。歴大士は翠珠の母親と変わらぬ年齢の熟練の医官である。そして相手は後宮第二位の貴妃。自分のような若輩者がうかつに口を挟む隙間はない。

「それだけではありません。西六殿に水痘が蔓延《まんえん》する危機を防いでくれました」

そう言われて、胡貴妃が西六殿の差配役であることを再認識する。

確かに菊花殿の宮人のうちどちらかでも水痘に罹っていたら、彼女達の労働環境や行動範囲から考えて、西六殿に蔓延しかねなかった。

あらためて考えると、報告を受けた日の紫霞の判断は本当に正しかった。彼女は水痘の罹患歴がない者を隔離するように指示したのだ。

「その件にかんしては、この李少士と栄賢妃様担当の晏中士の手柄でございます」

歴大士から指名されて、翠珠はあわてる。

「私は、晏中士の指示に従っただけです」

「まあ……」

胡貴妃は声をたてて、朗らかに笑った。

「そなた達は手柄を横取りしようとせず、慎み深いことですね」

いや、本当のことだからそういうしかない。

そのあと胡貴妃と歴大士がなにやら話しあっていたが、偉い人達同士の話だとして翠珠はぼんやりと聞き流していた。

「ところで、胡貴妃様に進言いたしたき議がございます」

「私に？　なにかしら」

「これを機に、内廷に仕える者達の病歴を宮廷医局で把握しておきたいのです」

歴大士の提案に翠珠は耳を立てる。

曰《いわく》、高貴な方々も含めて官位を持つ者は、その病歴も把握できている。しかし宮廷医局の診察を受けられない身分の低い者達にかんしてはお手上げである。そもそも何人在籍しているのか、誰がどこに所属しているのかもよくわからない。

しかし疫病は、彼等のように行動範囲の広い者、ないしは不衛生になりやすい者が拡大させることが多い。内廷という閉鎖された空間で疫病の蔓延を防ぐために、それを把握しておくことが必要だと、前々から問題視されていたのだという。

しごくとうぜんの問題提起だが、宮廷医局に入って一年の翠珠は詳しく聞いたことがなかった。

「なるほど」

胡貴妃は納得した。

「私にはなんの異論もありません。まずは呂皇貴妃様に進言をしてみます。了解を得られたのなら、調査を行わせましょう」

膨大な人数の宮人や下級宦官《かんがん》の調査を、宮廷医局で行っていたら何年経っても終わらないし、次から次に入れ替わるのにも追いつかない。人事の総括部からの指示で、各部署ごとに調査をしてもらう形になるのだろう。ちなみに女官や宮人を束ねる組織は尚《しょう》宮局《きゅうきょく》という。

「お願いいたします」

歴大士が深々と頭を下げ、翠珠もそれにならう。

そのあと胡貴妃と歴大士の間にやり取りがあり、そのまま呂皇貴妃のもとに上申にむかうことになった。内容だけなら自分のような若輩に出番はないのだが、翠珠が呂皇貴妃のお気に入りなので、そのまま同行することになった。

東六殿につながる屋根付き廊は、内廷の庭園を貫くように設置されている。形よく整備された前栽《せんざい》、四季折々の美しい花、豊かな水をたたえた池等を眺めながら歩を運べるようになっている。

おりしも池には睡蓮《すいれん》の花が咲いている。水面を埋めるように浮かぶ円い緑の葉。白や薄紅、黄色などの柔らかい色の花が開くさまは神秘的でさえある。

「まあ、青い花が咲いているわ。珍しい」

胡貴妃が声をあげたので、翠珠は勾欄《こうらん》越しに水面を注視する。確かに青系の睡蓮はあまり見ない気がする。

(どこだろ？)

目を凝らしていると、すぐ横を人影が通り抜けた。え？　と思ってすぐに、胡貴妃が石段を駆け下りたことを認識する。庭に降りるために、そこだけ勾欄が途切れて階段になっていたのだ。

「胡貴妃様」

日傘を持った侍女があわてて後を追おうとするが、胡貴妃の足は速い。夏の強い日差しにもひるむことなく、池の縁《ふち》をぐんぐん進んでゆく。

「私がお持ちします」

階段を下りようとした侍女を、翠珠は制した。侍女は年配で、容易に胡貴妃に追いつけるとも思えなかった。あとから聞いた話では乳母ということだったので、還暦にも近い年齢だろう。

侍女から日傘を受け取り、翠珠は池の縁に沿って進んだ。日差しは強いが、湿気がないのでさほど厳しい暑さではない。少し先で池を眺める胡貴妃に、翠珠は傘を開いて近づいていった。身体の半身に生じた日陰に気付いた胡貴妃は、はじめて翠珠のほうをむいた。

「あら、あなたが来たの？」

「侍女の方は、腰が痛そうだったので」

そうでもなければ、ここまで出しゃばらない。彼女の歩き方から察しがついた。歴大士がなにも言わなかったのも、それが分かっていたからだと思う。

胡貴妃は目を瞬かせた。

「そうだったの？　荘月《そうげつ》はなにも言っていなかったけど」

「遠慮なされていたのでは」

「それなのに気付くなんて、若くても一人前の医者なのね」

今度は翠珠が目を瞬かせる。胡貴妃の眼差《まなざ》しはとても優しい。ああ、本当に育ちの良い方なのだと、心から思った。

「一人前なんて、とんでもないです。まったくの未熟者です」

断固として言うと、胡貴妃は声をあげて笑った。

翠珠は傘を持って胡貴妃の傍らに立ち、ともに青い睡蓮を探した。白や薄紅の中で異様に目立つ青い花はすぐに見つかった。ここから見ると青というより紫に近い。瑠璃《るり》色とでもいうのだろうか。

「美しいわね」

しみじみと胡貴妃が言った。翠珠は同意した。二人並んで睡蓮を観賞していたが、しばらくすると荘月が「胡貴妃様、そろそろ」と声をかけてきた。

「え、もう少し待ってちょうだい」

「日焼けしますよ」

なだめるように翠珠が言うと、胡貴妃はちょっとすねた顔をした。

「別にかまわなくてよ」

「え？」

「どうせ肌で若い娘にはかなわないのだから、ほんのわずかばかり老いを遅らせるためだけに、好きなことを我慢したくないの」

ぽかんとする翠珠に、胡貴妃は言った。

「二十八歳なんて、若い妃嬪《ひひん》との寵愛《ちょうあい》争いに躍起になる年でもないのよ」

「さようなことは……」

「卑屈になっているわけじゃないわ。もちろんそういうときもあったけど、それもようやく乗り越えたわ。そんな頃に、西六殿の差配を任された。陛下と呂皇貴妃様が、私のこれまでの行いを評価してくださったということよね。そこに意義とやりがいは感じているわ」

力強く、けれど力むこともなく胡貴妃は言った。

彼女の言い分が、完全に腑《ふ》に落ちたわけではなかった。なにしろ翠珠は二十歳になったばかりで、しかも夫もいないのだ。

しかし、これだけは分かる。

いかに優れた婦人でも、加齢によって美貌《びぼう》と懐妊の可能性が衰えてゆくことは自明の理である。それが必ずしも寵愛の衰えにつながるわけではないが、よほどの人物でもないかぎり、いつまでも人生の盛りに留《とど》まることはできない。

そうなったとき、妃嬪達はなにを目標に生きるのか？　拠《よ》り所《どころ》というと哀れさが増すが、彼女達は花の盛りを過ぎてからも後宮の中で過ごすことを考えれば、それは長い人生を快適に過ごすために、とても重要なことなのではと翠珠は思った。

翠珠は睡蓮を眺める、胡貴妃の横顔を見つめた。この知性のただよう佳人に色々と訊《き》いてみたいと思ったが、回廊のほうから荘月が再度呼びかける声を聞いて断念した。なによりこれ以上、呂皇貴妃を待たせるわけにはいかなかった。

「しかたないわね」

名残惜しそうに言うと、胡貴妃は踵《きびす》を返した。翠珠は傘を持って彼女に従う。回廊では歴大士と荘月が困った表情を浮かべていた。


胡貴妃が蛇串瘡《じゃせんそう》を発症したようだ。

その報告がなされたのは、彼女に呼ばれた翌日の申し送りのさいだった。

宿直の医官がその担当時間内になんらかの処置をしたら、それを朝の打ち合わせで報告しなければならない。これが毎朝詰所で行われる、宮廷医局の申し送りである。男子医官が宿直のときに異変があれば、彼等の内廷への出入りが許される。しかしこれは男子医官にとってはひどく緊張する事態のようで、患者が宦官であれば安心すると話しているのを聞いたことがある。

その日の宿直は紫霞で、早朝に梅花殿の少年宦官が胡貴妃の病変を訴えに駆け込んできた。明け方に痛みで目が覚め、確認してみると、右の頸部《けいぶ》から肩にかけて赤い発疹《はっしん》が帯状に生じていたのだという。

「昨晩から、ぴりぴりした痛みはあったということです。ですが外観はなにも変わりがなかったので、あまり気にせずにお休みになられた。それが朝起きたら、そうなっていたということだそうです」

経緯を聞けば、確かに蛇串瘡の初発症状に似ていた。典型例では発疹が出る前の痛みや違和感は数日前からみられることが多いのだが、それ以外はほぼ合致している。特に一側性の帯状で、赤みがある発疹というのは蛇串瘡の特徴的な所見である。

「確定診断はできませんでしたが、熱感と痛みが強かったので玉露膏《ぎょくろこう》を塗布しました」

「分かりました。すぐに梅花殿に行きます」

胡貴妃担当の高《こう》大士が言った。

翠珠の隣にいた錠少士がそっと耳打ちをする。

「ねえ、蛇串瘡って……」

「時系列的に、第五皇子様とは関係がありませんよ」

そっけなく翠珠は答えたが、そんなことは錠少士も分かっているはずだ。にもかかわらず彼女、いや、この場にいる多くの医官達が懸念していることは――。

「栄賢妃様が、なにか言い出さなきゃいいわね」

錠少士がぼやく。懸念はそれだ。理論的にありえないことでも、彼女は平気でこじつけて、他人を非難する。どういう思考で怒りや攻撃がそこにむくのか本当に分からない人だから、ほんの一寸《ちょっと》でも関連があれば食ってかかってきそうな気がする。

「でも水痘《すいとう》と蛇串瘡の関連なんて、普通の人は知らないでしょう」

話を聞いていた霍少士が口を挟む。確かにそうだが、翠珠には心当たりがある。

胡貴妃の女官・蓉茗にそのことを話してしまった。彼女の口から栄賢妃の耳に入っている可能性は十分にある。時期的に胡貴妃の発病前に、世間話的に口にしてしまったとしたら責められない。

黙っているわけには、いかないだろう。

申し送りを終えた紫霞を、翠珠は呼び止めた。宿直の者は帰ってよいことになっているので申し訳ない。手短に蓉茗の件を伝えると、紫霞はちょっと険しい顔をしたが「しかたないわね」と言った。

「桃女官であれば、うかつに口にはしないと思うけど」

その可能性にもすがりたい。胡貴妃の発病を予見できるはずもないが、どこに導火線があるか分からない栄賢妃に火をつけないために、余計な情報は伝えない。猛獣使いの蓉茗であれば期待はできる。

「このあと彼女に訊いてみます。どうせ栄賢妃様のところには行きますから」

「私が行くわよ」

「晏中士は宿直明けですから、帰って休んでください。なにかあれば貞《てい》医局長に相談しますから」

栄賢妃の担当は、女子医局長の貞大士だった。栄賢妃が問題児ということもあり、彼女が買って出たのである。医局長にはさすがの栄賢妃も多少は遠慮するだろうし、彼女の虚栄心を満たすという点でも適任だった。

貞医局長の名を聞いて、紫霞は安心したようだった。

「じゃあ、今日は帰るわね」

「お疲れさまでした」

紫霞を見送ってしばらくしてから、翠珠は菊花殿にむかった。

門をくぐった先の院子《にわ》では、金糸桃《きんしとう》の艶《あで》やかな花が咲く花壇の前で、若い宮人が草をむしっていた。

「こんにちは」

翠珠の呼びかけに、宮人は顔をあげた。虹鈴だった。蓉茗から傘を借りて、喜んでいた少女である。

「栄賢妃様のご機嫌をうかがいに。取り次いでもらえる？」

「あ、わかりました」

虹鈴は手についた泥をはたき落とした。もちろんそれだけでは全て落ちないが、また作業に戻ることを考えれば、そこまで徹底することもない。食事をするというのなら話は別だけれど。

院子を横切る途中で虹鈴は言った。

「私、李少士にずっとお礼を言いたかったんです」

「え?」

「一年前、助けてもらいました。杖刑《じょうけい》を受けたあとに」

あ、と翠珠は声をあげた。

宮廷医局勤務になってすぐのことだ。栄賢妃が転倒し、罰として床を磨いた宮人が杖刑を受けた現場に遭遇した。刑が終わっても痛みで動けずにいた彼女を、翠珠は夕宵とともに部屋まで運んでやったのだ。あのあとしばらくは気になっていたが、芙蓉殿で彼女に会うことはなく、その顔貌《がんぼう》の記憶はあいまいになっていた。

「思いだしたわ」

「はい。あのときは、ろくにお礼も言えなくてすみません」

虹鈴は深々と頭を下げた。

「ううん、元気そうでよかったわ」

などと基壇の上で話していると、戸板の代わりに下ろした簾《すだれ》をかきわけて、蓉茗が出てきた。それで虹鈴は花壇に戻っていった。

「李少士、今日はあなたが来たの?」

「晏中士は宿直明けで——」

そこで翠珠は口ごもった。あからさまに気の毒そうな顔の蓉茗に、だいたいの事態を察した。

「あの、栄賢妃様に蛇串瘡のことはお話しした？」

「私がするわけないでしょ。でも、最初からご存じだったみたい」

「え⁉」

翠珠は声をあげた。

蓉茗の説明によると、栄賢妃の実家に蛇串瘡を患った家人がいたらしい。そのとき医師が水痘との関係を説明したというのだ。これはもちろん水痘予防のためである。入宮前の少女の頃のことでいままできれいに忘れていたそうだが、今回の胡貴妃の蛇串瘡発症で思いだしたらしい。

「うわあ〜」

頭をかかえる翠珠に、蓉茗は「胡貴妃様は本当に蛇串瘡なの？」と尋ねた。

「たぶんそうだけど、まだ確定はできない。でも、そうだとしても第五皇子様とは絶対に関係がないから」

「だよねえ」

蓉茗が苦笑したあと、後ろの簾が跳ね上がった。出てきたのは、少し年長の女官だった。芙蓉殿から付いてきた者なので、翠珠も顔見知りである。

「蓉茗、賢妃様がお出かけになられると仰せよ」

「どこにですか？」

蓉茗は不審な顔をしたが、翠珠はちょっとほっとした。いまから出かけるのなら、栄賢妃の診察を先延ばしにできる。診察は彼女からなにか訴えがあったわけではなく定期的なものだから、別に今日でなくともかまわない。おそらくいまの栄賢妃は興奮しているだろうから、できるのなら明日以降のほうが望ましい。

「芍薬殿よ」

「呂皇貴妃様のところですか⁉」

翠珠と蓉茗が同時に驚きの声をあげた。二人の妃はすこぶる仲が悪い。もっとも栄賢妃と親しくしている妃嬪《ひひん》など一人もいないが。

年齢も地位も上の呂皇貴妃に対し、栄賢妃は不遜《ふそん》なふるまいを止めようとしない。彼女にとって呂皇貴妃はまさしく目の上のたんこぶだったのだ。

「いったいなにをしに、ひょっとして討ち入りですか？」

「あのねえ」

けっこう本気で尋ねたのに、蓉茗に呆《あき》れた顔をされた。

「冗談を言っている場合じゃないわ」

「冗談のつもりでは……」

間の抜けた二人のやりとりに、女官が口を挟んだ。

「胡貴妃様を、第五皇子様を害した罪で処罰するように訴えると仰せなの」

翠珠はがっくりと肩を落とした。本当にこちらの予想を裏切らない人だ。

「なんとかお止めしないと。呂皇貴妃様のところに行ったって、袖《そで》にされて追い返されるのが目に見えている。ましてむこうはただの妃ではなく、いまや皇貴妃なのよ。対応を間違えれば、こちらが処分されかねない」

側室第一位の皇貴妃は、必ずしも配される位ではない。それだけ側室としては別格の存在なのだ。帝《みかど》の呂皇貴妃に対する評価と信頼の表れである。

女官の訴えに、蓉茗は口許《くちもと》に拳《こぶし》をあてて沈思していた。これは、なかなか面倒くさくなりそうだ。などと女官達に同情しつつも、自分がこの場にいてもしかたがないことは翠珠も分かっている。

「あの、私はいったん帰る……」

と言い終わらないうちに、蓉茗からがしっと手首を握られた。何事かとひるんでいると「一緒に来て」と鬼気迫る表情で言う。

「はい？」

目をぱちくりさせるがそこまでで、迫力と力に押されて抵抗できずに引きずられてゆく。おかしい。体形はあまり変わらないのに、なんだこの力の差は。しいて言えば蓉茗のほうが指の節一つ分ぐらい背が高い。

そうやって連れてこられたのは、菊花殿の居間である。

丹念に漆を重ねた柱。精緻《せいち》な透かし彫りで装飾した欄間。松を模した漏窓《ろうそう》（透かし窓）のむこうには、夾竹桃《きょうちくとう》の花が見える。

百日紅《さるすべり》の花を散らした紗《しゃ》の帳《とばり》は涼し気で、床には薄紫を基調に藤の花を織り出した重厚な絨毯《じゅうたん》が敷いてある。内装も調度も、芙蓉殿にいたときよりなにもかもが絢爛《けんらん》に整えられていた。

しかしそんなものに見惚《みと》れる余裕は、この場にいる誰にもなかった。

なぜなら紫檀《したん》の長椅子の前で、栄賢妃が仁王立ちしていたからだ。

よほど暴れたのか、床には座布団がいくつも散らばっている。海棠紅《かいどうべに》に鵝黄《がこう》色の糸で、吉祥文様を織り出した紗の大袖衫は激しく着崩れしていた。

「出かけるって言っているでしょ。つべこべ言わずに支度をしなさい！」

「で、ですが呂皇貴妃様のお許しを――」

「うるさいわねっ！　あんな年増になにを訊《き》けというのよっ！」

「賢妃様、どうぞお静まりください」

蓉茗が、それこそ飛び込むようにして跪《ひざまず》いた。気圧《けお》されるかのように軽く身を反らしたあと、栄賢妃は気を取り直してひとつ息をついた。

（さすが猛獣使い）

冷やかしではなく本気でそう思った。ここまで栄賢妃を静められる人物を、翠珠は蓉茗と紫霞しかしらない。他の者なら問答無用で怒鳴りつけられる。まあ、蓉茗と紫霞も怒鳴られることにかわりはないのだが。

（それでも桃女官が言うと、一度気を静めて話を聞こうとはなさるのよね）

紫霞の場合は医官という立場と年長という要素があるが、自分と同じ年の一女官にすぎない蓉茗が同じようにふるまえるのは本当にすごい。

それにしても、この惨状はどういうことだ。散乱した部屋もだが、栄賢妃の姿もとっくみあいの喧嘩《けんか》をした子供のようではないか。二十歳を超した婦人の行動とは、とうてい思えない。

「闇雲に訴えでられても、呂皇貴妃様は物堅い御方。こちらとしても、きちんと論拠を整理しておかなければ一蹴《いっしゅう》されかねません。策を練りましょう」

蓉茗の訴えに栄賢妃はさらに表情を険しくした。しかし反論はしてこない。なんとか怒りを抑えようと努力しているように見えた。

「なにかあるの？」

「なにより、胡貴妃様の病がまことの蛇串瘡《じゃせんそう》なのかをあきらかにするべきかと」

そう言って蓉茗は戸口のあたりに立つ、翠珠をちらりと見た。栄賢妃にじろりと見られた翠珠は、あわてて前に進みでて跪いた。

「栄賢妃様にご挨拶《あいさつ》いたします」

「胡貴妃は蛇串瘡でまちがいないの？」

「いえ、まだ確定は出ておりません。今頃、担当の高大士が診察をしているかと……」

翠珠は返答をぼかした。実際には時間的にもう診察はすんで、確定診断が出ていても不思議ではないのだが。

栄賢妃は興ざめした顔で椅子に座りこんだ。少なくとも芍薬殿に突撃する危険性はなくなったようだ。

「それが判明してからにいたしましょう。胡貴妃様の病状は、こちらの李少士か晏中士にいつでも尋ねられますし」

蓉茗はなだめるが、正直に教えるわけがないだろうと翠珠は心中で嘯《うそぶ》いた。その点は蓉茗もわかっていると思うし、彼女が自分を栄賢妃に引き合わせた理由も判明した。

栄賢妃のような感情が抑制できない人間に、目下の者がひたすらなだめるだけでは火に油をそそぐだけだ。もちろん理論的に諫《いさ》めても通じない可能性はあるが、そのあたりの虫の居所を、蓉茗は長年の付き合いで察したのだろう。これはなんとか通じそうだと判断して、医師の視点で翠珠に意見を言わせた。

「賢妃様、お茶を」

それまで恐々見守っていた女官が、茶杯をさしだす。栄賢妃は荒々しい所作で受け取るが、唇が縁に触れるなり「熱いっ！」と金切り声をあげ、茶托《ちゃたく》ごと茶几《ちゃき》（几は机の意味）上に戻した。

「も、申し訳ございません」

女官は低頭するが、栄賢妃は無視して翠珠をにらみつける。

「お前達医官は、誰も蛇串瘡の可能性に気付かなかったの？」

軽蔑《けいべつ》を露《あら》わにした物言いに、翠珠ははっきりと怒りを覚えた。落ちつけと自らに言い聞かせる。紫霞を見習え。もちろん翠珠には、あんな知識も美貌《びぼう》もない。けれど毅然《きぜん》として正しいことを述べれば、あんがいに栄賢妃は引っ込む。少なくとも医官相手にはそうだった。御史台官の夕宵にも、文句を言いつつも引き下がった。そのぶん自分の配下の者には横暴にふるまっているが。

ともかく微塵《みじん》でもおびえた様子など見せては、彼女の嗜虐《しぎゃく》性と癇性《かんしょう》を刺激するだけである。

「蛇串瘡はほとんどの場合、自己申告がなければ分かりません」

翠珠は答えた。

胡貴妃は首から肩にかけて発症したというから、季節によっては人目に触れる箇所だった。けれど蛇串瘡の好発部位は胸や背で、他でも腹部や臀部《でんぶ》、下肢など服で隠れてしまう箇所なのだ。顔面に出る場合もあるが、症例としては比較的少ない。

「では発症を黙っていれば、無垢《むく》な子を水痘《すいとう》に罹《かか》らせることは容易だということね」

「蛇串瘡は痛みが強いので、それを我慢する患者はほとんどいないと思います」

意図してのものかは分からぬが、栄賢妃の誘導に翠珠はやり返した。当てつけではなく真実である。七転八倒するほどではないから、大人であれば泣き叫ぶような真似はしない。けれどその疼痛《とうつう》はかなり強く、睡眠を妨げられることも珍しくない。治療をせずに黙っている利点が患者にない。

「そもそも蛇串瘡が水痘を誘発するという説は経験的なもので、医学的にはっきりと立証されたものではありませんので……」

一応遠慮がちに言いはしたが、栄賢妃の顔に露骨な苛立《いらだ》ちがにじみはじめる。

まずいっ、と思った翠珠はとっさに口をつぐんだ、のだが——。

「ああ、もういいわよっ！」

叫ぶなり栄賢妃は、茶几上の杯を投げつけてきた。翠珠までは届かずに、少し手前で床に叩《たた》きつけられた形になった杯は、上質な絨毯の上で割れこそしなかったが、中の茶が派手に飛び散った。

とっさに蓉茗が前に立ちふさがった。おかげで翠珠は手首にわずかに水滴がかかった程度の被害で済んだ。それでも一瞬、顔をしかめる程度には熱かった。

翠珠は蓉茗の前に回り込んだ。お仕着せの鉛白色の裙《くん》には、膝《ひざ》より少し上のあたりにこぶし大のシミが浮き上がっている。

「大丈夫？」

しゃがみこんで視線をあわせる。けっこうしっかり濡《ぬ》れたようで、夏の薄い裙からは皮膚が透けており、少し赤くなっているようにも見える。

（焼傷《しょうしょう》（火傷《やけど》）？）

ならばすぐに冷やさなければと思うが、いくら同性同士とはいえ、この場で裙をまくり上げてよいものか。逡巡《しゅんじゅん》する翠珠をどう思ったのか、蓉茗は裙を引きよせて濡れた部分を隠すようにした。

「平気よ。ぬるくなっていたから」

「大袈裟《おおげさ》なのよっ！」

栄賢妃が吐き捨て、翠珠は表情を強張《こわば》らせる。

杯の落ちた位置から考えて、いつものような感情に任せての行動で翠珠にぶつけるつもりはなかったのかもしれない。しかし結果としてお気に入りの女官が巻き添えを食ったのだ。さすがの栄賢妃も気まずげな顔で「気分が悪いから休むわ」と叫んで、逃げるように部屋を出て行った。

「あなたは着替えてらっしゃい」

年配の女官が蓉茗に言って、急いで後を追う。栄賢妃の姿が見えなくなったあと、翠珠は頭を下げた。

「ごめんね。私のせいで」

「気にしないで。李少士は悪いことはなにひとつ言っていないから」

かえって自分のほうが申しわけないように言う蓉茗に心が痛む。

「でも、火傷をしているかも……」

「いや、そんなに熱くもなかったわよ。まあ、どうせ着替えにいくからそのときにしばらく冷やしておくわ」

「私も手伝うよ」

「いいって。大袈裟にしないで。なにかあったら、すぐに診てもらうから。そのときはお願いね」

なだめるように言われ、翠珠はいったん引き下がる。確かに茶は熱かったが、さりとて火傷をするほどのものでもなかったことは確かだった。

気にはなったが、いったん引くことにする。

「じゃあ、なにかあったら声をかけてね」

そう言って翠珠は、菊花殿を後にした。


その日の午後。呂皇貴妃は、胡貴妃に禁足を命じた。


「え、では禁足は、胡貴妃様が自ら申し出られたのですか？」

翠珠が事の次第を聞いたのは、禁足が公表されて三日後のことだった。

蛇串瘡が原因だとしたら、どう考えたって理不尽な措置である。しかも呂皇貴妃のように公明な人の命だから、これはなにか裏があるとしか考えられなかった。

杏花舎の医官のほとんどがそう思っていたはずだが、さりとて誰一人追究する立場にはない。もやもやした思いを胸に抱きつつの三日目の朝礼で、事の真相が胡貴妃担当の高大士の口から明かされた。

「呂皇貴妃様を煩わせるのが忍びなくて、事態が落ちつくまでということで胡貴妃様から提案なされたのです。呂皇貴妃様は、栄賢妃様をますます増長させると反対されたのですが、第五皇子様ではなく別の誰かに水痘をうつす危険性を言われて承諾なさいました。けれど禁足に至った経緯が栄賢妃様の耳に入れば意味がなくなりますので、これまでは私と梅花殿、そして芍薬殿の一部の間だけで秘めていました」

「それを今日になって私どもにも教えてくださるということは、栄賢妃様が第五皇子様の発病とは関係がないと納得なされたのですか？」

紫霞が尋ねた。高大士が患者の秘密を守ることにはなんの異論もない。しかしそれが解除されたのなら、栄賢妃の担当として確認しておく必要がある。

「納得というか……」

しばし困惑の色を浮かべる高大士に、紫霞を先頭に、居合わせた医官が怪訝《けげん》な顔をする。

「実は蛇串瘡《じゃせんそう》ではなかったのです」

「え？」

「とうぜん、禁足も解かれます」

医官達は混乱していたが、やがて初診を請け負った紫霞が「そうだったのですか」と驚いたように言った。あの段階で紫霞は、確定はできないと言っていた。しかし症状を聞いたほとんどの医官が蛇串瘡だと確信していた。

あらためて高大士が説明をする。

「この三日間でみるみるうちに発疹《はっしん》と痛みが引いていって、いまは少し赤みが残っている程度なのです。これはあきらかに蛇串瘡の経過ではないでしょう」

「それは確かに」

「え、じゃあなんだったのですか？」

中士の一人が尋ねた。少士の立場では、大士への直接の問いはなかなかできない。まっとうな問いなら怒られはしないだろうが、やはり緊張してしまう。

高大士はゆっくりと頭を振った。

「その確定が難しくて、大士全員で症例検討をすることになりました」

おお、と誰かが声を漏らした。

症例検討は、難治性の病や共有したい症例などのさいに医官達が集まって、その治療法を話しあう会議のことだ。大士全員が集まるというのはなかなかの大事だが、相手が貴妃であればそれも納得である。いくら症状が改善していても、原因が分からなければ気味の悪さは消えない。

「ただその前に、毒物など第三者による影響がないか、呂皇貴妃様の指示で御史台が介入することになりました」

なんだか大事になってきそうだと、翠珠は懸念した。

毒物を使って故意に他人に危害を加えることは、現実にはそう簡単ではない。妃嬪《ひひん》達が口にする物は、それぞれの殿舎で調理されているから、毒を仕込もうとするのなら相手の厨房《ちゅうぼう》の者を抱え込まなくてはならない。他所《よそ》から持ちこまれた食物はすぐに足がつく。そもそも出所が分からぬ食物を口にするような迂闊《うかつ》な真似を、後宮の婦人達がするはずがない。

二十年以上前に後宮を揺るがした『安南の獄』は、毒物がかかわった大事件だが、結果として被害者は毒ではなく、冤罪《えんざい》を晴らすための自害で失命した。首謀の三人の妃が刑死となり、その多くが主犯、共犯ということで、宮中における宦官《かんがん》の権威を著しく失墜させたこの事件の教訓は、毒害ではなく冤罪防止だった。

「そのような事情ですから、もしもむこうからの要望があれば、進んで協力をするように心得なさい」

高大士の指示に、医官達は「はい」と声を揃えた。

(今度も鄭御史が担当するのかな?)

ぼんやりと翠珠は思った。御史は四人もいるのに、よりによって後宮での事件を夕宵のような美青年が担当する理由は、彼が宦官を中心に構成される内廷警吏と良好な関係を築いているからだった。

官吏と宦官は、伝統的に不仲である。両者には権勢を争ってきた歴史がある。特に御史台は『安南の獄』のさい、内廷警吏から徹底した捜査妨害を受けた。その因縁から、いまでも宦官を蛇蝎《だかつ》のごとく嫌っている者が多い。

加えてこれは宮中のみならず社会全体に言えることだが、特に男性は浄身をした者への嫌悪が強い。しかし後宮の捜査で内廷警吏の協力は不可欠である。公明で年が若い夕宵は、内廷警吏ともうまくやれる唯一の御史官だったのだ。

ふと視線を感じて顔を動かすと、隣の錠少士と目があう。その瞬間にやっと笑った彼女に、翠珠は思いっきり不貞腐《ふてくさ》れる。解散が告げられるやいなや、なにか言いかけてきた彼女より先に口を開く。

「知りませんよ、私」

「いや、いや。照れない、照れない」

冷やかすように言われた翠珠はぷいっと顔を背ける。すると錠少士は今度はなだめるように言ってきた。

「これは冗談抜きよ」

「？」

「胡貴妃様が今回の症状を発症する直近で接した医官は、李少士だから」

「…………」

指摘されて、翠珠ははじめてそのことに気がついた。

「では睡蓮《すいれん》を観賞しておられるときに、異変はなかったのだな」

梅花殿にむかう道すがら、確認するように夕宵は訊《き》いた。

翠珠は懸命に記憶を探るが、彼に伝えられるようなことはなにも出てこなかった。人の首から肩にかけてなど、異変がなければ注視する場所でもない。そしてこうもなにも出てこないのは、つまり異常な所見がなかったということではないか。

「確かに池では日傘を差しかけていましたが、自分が貴妃様の右にいたのか左にいたのかも覚えていないんですよ」

「左だろう」

あっさりと夕宵が言ったので、翠珠は「へ？」と間抜けな声を出す。

「君は右利きだろう。ならばよほどの事情がないかぎり、日傘を右手に持つ。だとしたら胡貴妃様の左側から差しかけることになる」

「……なるほど」

指摘されれば納得の理由だ。ちなみに慣れた女官は後ろから差しかける。そうすれば日陰に左右差が生じない。おおらかで日焼けそのものを敬遠していない胡貴妃はなにも言わなかったが、気難しい妃嬪であれば厳しく叱責《しっせき》されていただろう。

それはともかくとして、ならば右側の頸部《けいぶ》に異変があっても見落としていた可能性が出てくる。ううむ、と唸《うな》る翠珠に臙脂《えんじ》の官服を着けた内廷警吏官がくすっと笑う。およそ警吏官とは思えぬ優し気な顔をした青年宦官は、庄《しょう》警吏という。夕宵が後宮で仕事をするときは、ほとんど彼が付き添っている。結果として翠珠とも顔見知りになっているわけだ。

「しかしお二人は、不思議と縁がありますね」

特に深い意味もないように庄警吏は言った。錠少士のような思わせぶりではなかった

ので、翠珠は素直にうなずいた。夕宵も苦笑いを浮かべるしかないようだった。

「そもそも担当でもない君が、直近に接した医官というのも偶然すぎる」

「そう言われると、私が怪しいように思えます」

夕宵と庄警吏が声をあげて笑った。

梅花殿に行く目的は、胡貴妃から経緯を聴取するためだ。そこに翠珠が同行を求めら

れたのは、医学的な知見を得ることよりも、直近の目撃者だという理由のほうが大きか

った。医学的な面だけが目的なら、高大士のほうが適任だ。

とはいえ医官という立場はそれなりに意味がある。発病前の状態の証言だけが必要な

らば、御付きの女官のほうがよほど身近に接している。

宮道を進みながら、夕宵は考えを整理するように推論を語った。

「故意であれ偶然であれ、原因はなにかにかぶれた可能性が高い。季節的に考えられる

ものは毒虫か、あとは強い日焼けなどもその状況を作りやすい」

「あ!?」

翠珠は声をあげた。

「私が日傘を左から差し掛けていたとしたら、ちょうど患部が太陽にさらされていたかもしれません」

翠珠は、胡貴妃の症状を見ていない。しかし蛇串瘡《じゃせんそう》と疑うくらいだから、所見も本人の疼痛《とうつう》もそうとうに強かったものと推察できる。

通常であれば、ただの日焼けでそこまで強い症状が出ることはない。しかし日光にさらされることで極端な皮膚症状が出る、特異体質の者が一定数存在する。

「ひょっとして胡貴妃様は、日光に弱い体質なのかも⁉」

「だとしたら、今回だけ症状が出るというのは不自然すぎないか？」

「これまでは女官の方々が、きっちりと日傘をさしかけていたのかもしれません」

「日傘だけで、そこまで完璧《かんぺき》に日差しをさえぎることができるのか？」

「さあ、私は日傘をさすことは滅多にありませんから」

翠珠とてまったく日焼けを気にしていないわけではない。しかし傘は手がふさがって非常に面倒くさいので、そうとうにぎらぎらした日差しの日しか使わない。まして宮中で日傘を使えるのは一部の高位の者のみだから、今日のような強い日差しの日でも軒端の陰を選ぶのがせいいっぱいの抵抗だった。

「それに今回の発症の前に、体質が変わった可能性もありますし」

いままで平気だった物質が、とつぜん病因となることはままある。特に身体が弱っているとき、精神が過度の緊張状態にあるときに、そのような状況に転じやすい。

なるほどと夕宵は唸る。

「もしも毒虫であれば、誰かが故意に接触させたというのは難しいでしょう」

庄警吏の意見に、翠珠と夕宵は同意する。蚊に蜂、蜘蛛《くも》に百足《むかで》、蠍《さそり》など皮膚症状が出る毒虫は多いが、人が都合よく操れるものではない。そもそも蚊はともかく他の虫は、危害を加えられた瞬間に気付く。

「であれば、事件性はなくなるが……」

そうつぶやいてから、夕宵はしばし間を置く。

「他に考えられるとしたら、化粧品や衣服、装身具などの身体に触れるものに、なにかかぶれる物質が含まれていた可能性があるな。これはもしかしたら誰かしらの作為が働いている可能性がある」

「え？　化粧って顔にするものですよ。頸《くび》や腕に症状が出るのはおかしいですよ？」

「いや、李少士。妃嬪の方々は頸にも白粉《おしろい》をお使いになっています」

庄警吏に指摘され、そうなのかと翠珠はあらためて認識した。

「でも、それなら化粧を手伝った女官にも症状が出そうなものだし、なにより顔に症状がないというのはおかしくないですか」

「確かにそうですね。しかもその理屈で言えば、衣装や装身具も同じですよね。それらを胡貴妃様が手ずから、収納場所より出すとは思えませんし」

「となると、化粧品や衣料品の線はなしですよね」

「消去法ですけど、やはり日焼けの可能性が濃いですね」

などと翠珠と庄警吏が議論する間、夕宵はずっと沈思していた。皮膚症状の原因がなんであれ、偶然であれば事件性はない。捜査を主導する夕宵に大切なのはそこである。

けれど翠珠はちがう。医師として興味があるのは誰によるかではなく、なにによるかである。それが分からなければ皮膚炎への治療が滞るし、再発を防げない。

ほどなくして梅花殿に到着した。花壇に水を撒《ま》いていた少年宦官《かんがん》が、こちらを見て手を止める。

「柳里《りゅうり》、取次を頼むよ」

顔見知りのようで庄警吏が親し気に話しかけた。柳里は彼の名前だろう。少年というより男児といったほうがふさわしい見た目だ。年のころは十一、二歳あたりか。菊花殿の洛延より少し年少のようだ。その表情が彼よりずっと明るく見えるのは、若年ゆえの無邪気さではなく所属する殿舎の空気によるものと思われる。

「はい、呉太監から話は聞いております」

柄杓《ひしゃく》を水桶《みずおけ》に戻した柳里だったが、彼が歩を進めるより先に、しなやかな枝を揺らす柳の木のむこうから呉太監が歩いてきた。

「お待ちしておりました。どうぞ中に」

朗らかな物言いだが、あいかわらず顔色はよろしくない。同じことを思ったのか、同業の気安さで庄警吏が口を開く。

「呉太監、顔色が悪いぞ？」

「師父、どれだけお酒を飲んだのですか？」

柳里が少し声を尖《とが》らせた。宦官の組織は徒弟制度を用いており、宮廷入りした宦官は例外なく、指導係となる先輩宦官に師事する。後輩宦官は先輩を師父と呼ぶので、呉太監と柳里は師弟関係にあるのだった。これが仕える主人と同じで、個々によってかなりの当たり外れがあると聞くが――。

弟子の詰問に、呉太監はやれやれと面倒臭そうに返した。

「小姑《こじゅうと》のような言い方をするな。いつもと変わらんし、見てのとおり二日酔いもしていないだろう」

「二日酔いの有無で飲酒量は測れませんよ。だいたい師父はお酒に強いから、どれだけ飲んでも、いつも平然としているではないですか」

このやりとりを聞くかぎり、彼等はかなり気安い師弟関係にあるようだ。

ぶうぶうと文句を垂れる柳里に、呉太監はからかうように言う。

「そんなことを言いはするが、お前は私のためによく肴《さかな》を用意してくれるではないか」

「それは肴無しで飲酒をしたら、なおさら身体に良くないと聞いたからです。師父の酒を進めるためではありません」

「いや、分かっているよ。ある、なしでだいぶん酒の回りがちがうからな。お前が持ってきてくれる料理には、いつも感謝している」

「あんなもの、だいたい厨房《ちゅうぼう》にある残り物ばかりです。なければあり合わせを炒《いた》めるか煮るかして、ちょいちょいと塩を振っただけです」

「十分だよ、おかげで酒が進む」

　呉太監がぽろりとこぼした言葉に、柳里は目つきを鋭くする。呉太監ははっとし、あわてて機嫌を取るように言った。

「いや、すまん。冗談だ。しかしこちら冗談抜きで、お前のように献身的な徒弟ははじめてだぞ」

　師匠の身体を思って酒を止めようとする。それが叶《かな》わなければ、やはり身体を気遣って肴を用意する。確かにこれはなかなかの献身である。ひょっとしたら宦官の師弟関係とはそういうものなのかもしれないが、柳里の言動からは呉太監への好意や心配がはっきりとにじみでていた。

(にしてもこの人、相当な酒飲みなのね)

　酒癖が悪いわけでもないようなので害はなさそうだが、師匠を慕う弟子としては心配が絶えぬだろう。

「そもそも漉中士は、なにも言わないのですか？」

　とつぜん柳里の口から出てきた先輩の名に、翠珠は「漉中士が担当なのですか？」と尋ねた。呉太監は苦笑した。

「担当というほど、罹《かか》っているわけじゃないですよ。ただ彼は同郷なので、ちょっと具合が悪いときは気軽に相談しやすいんですよ」

同郷という言葉に、複雑な思いがこみあげた。故郷は貧しい農村だったから、妓楼《ぎろう》に売られた女児や浄身術を受けさせられた男児が多かったという、瀧中士の発言を思い出したからだ。ではこのにこやかな呉太監も、そんな厳しい過去を持つ一人なのか。

「あいつはなにも言わないよ。好きなだけ飲めばいいって――」

「養生しろとも言わないなんて、無責任じゃないですか？」

「口が過ぎるぞ。周興《しゅうこう》は優秀な医者だ」

さすがに呉太監は口調を厳しくした。確かに言葉だけ聞けば、幼弱な者が出過ぎたことを言っているように聞こえる。しかし柳里の表情や物言いからは、師匠を心配する気持ちのほうが強く感じられた。

それは別として、瀧中士の名前が周興だというのをはじめて認識した。呉太監からなにやら言い聞かされ、柳里はしぶしぶ引っ込んでいった。

「すみません、お待たせして」

あらためて呉太監は詫《わ》びた。

彼の顔色の悪さは、過度な飲酒のせいなのだろうか。だとしたら好きなだけ飲んでよいというのは、およそ医者らしくない指導である。いっぽういくら医者が止めたところで、成人の飲食を制限するのは難しいというのが現実だ。特に酒に強い人間なら、悪酔いして痛い目にもあわないので懲りることもない。

翠珠には、呉太監に悪い印象はない。先程の柳里とのやりとりからも、些事《さじ》にこだわらぬ明るい人柄がうかがえる。

しかし患者としては、もしかしたら漉中士は苦労をしているのかもしれない。だとしても好きなだけ飲んでよいというのは、医者の意見としてどうなのかと少しばかり翠珠は不満を覚えた。


「そうね、軟膏《なんこう》を塗ったその晩にはずいぶんと痛みは引いていたわ」

発症当日からの経過を、胡貴妃は丁寧に証言した。紫檀《したん》の格子窓を背景に、ゆったりと座った姿から苦痛の色はうかがえない。

翠珠は許可を得て、彼女の間近で患部を観察させてもらう。病状については高大士が診療録に記しているが、その通りの所見だったので、そのむねを夕宵に伝える。

まだ赤みは残っているが、発疹《はっしん》は無くなっている。痛みもほぼないという。蛇串瘡《じゃせんそう》であれば、このような経過は取らない。順調な者でももう少し時間がかかる。特に長期化した場合、皮膚症状は消えても痛みが数か月に及ぶ例もある。

「こちらが、貴妃様が当日お召しになられていた衣装と装身具です」

お仕着せ姿の女官が、漆塗りの浅い衣装箱を持ってきた。

「ありがとう」

礼を言った夕宵ではなく、傍らに控えていた庄警吏が受け取った。

皮膚をかぶれさせる原因物質が付着していないか、あるいはその痕跡《こんせき》がないかを調べるためだ。ここに来る道中、これらの品々が今回の病因となった可能性は低いという推論をたてはしたが、さりとて調べぬというところまではいかない。

「では、こちらは数日お預かりします」

「どうぞ、何日でもかまわないわ」

代表で夕宵が辞去を告げたあと、前庁に通じる隣室から呉太監が入ってきた。

「お話が終わったようですので」

どうやら聞き耳をたてていたらしい。

「貴妃様が楽しみにしていらした双頭蓮《そうとうれん》の蕾《つぼみ》が開いたと、池の前で柳里が騒いでいます」

「まあ、本当に？」

嬉々《きき》として胡貴妃は立ち上がった。そうして周りの女官の間をすり抜けて、回廊側の簾《すだれ》をくぐりぬけて行ってしまった。この季節は風を通すため、昼は扉を開けたままにしておく。

「貴妃様」

若い女官があわてて追いかけていった。

あっけに取られる翠珠達を前に、乳母の荘月がやれやれと苦笑する。

「自由奔放な主なのです」

「才色兼備なのに気さくでお優しい、素敵な方ですね」

翠珠が言うと、荘月ではなく呉太監が胸を張った。

「まことに。私どもは、貴妃様にお仕えすることができて幸せです」

そうだろうと思ったあと、菊花殿のことがよぎった。蓉茗はうまくやっているようだが、宮人の虹鈴は虐げられていたし、下級宦官《かんがん》の洛延はおどおどした目をしていた。立場は同じなのに、梅花殿とは扱いが雲泥の差である。

「今回の件とて貴妃様が身を引く必要など微塵《みじん》もなかったのに、呂皇貴妃様に迷惑がかかると仰せになられて——菊花殿の者達がこれ見よがしに疑念の言葉を言ってきたのはまことに腹立たしかったです」

よほど不快な思いをしたのか、話している間中、呉太監は眉間《みけん》に深いしわを寄せていた。同じ気持ちなのか、荘月もうんうんと相槌《あいづち》をうちつづけている。

栄賢妃が菊花殿の者から慕われているとはまったく思わないが、それでも主の興隆は下の者の生活に甚だしく影響する。目の上のたんこぶでもある胡貴妃への嫌みのひとつやふたつ、言っても不思議ではない。

しばらくして己の喋《しゃべ》りが過ぎたことに気づいたのだろう。呉太監は決まりの悪い面持ちで、やがて言い訳のように言った。

「しかし疑いが晴れて本当に良かった。これで貴妃様も、自由に宮中を散策することができます」

「でも、それも困ったことなのよ。こちらが準備をする前に、一人で外に飛び出してしまわれるものだから」

荘月の言葉に翠珠は目を見開く。

「一昨日も双頭蓮の開き具合を確認しに、お一人で蓮池《はすいけ》にむかってしまわれたのよ。この季節に日傘もささずにいては、せっかくの玉の肌が台無しになってしまうわ」


外廷への通用口の前で庄警吏と別れた。胡貴妃の衣装と装身具は彼が持ち帰った。内廷警吏局で、皮膚症状の原因物質の有無を調査することになっているからだ。

「あちらにお任せするのですね」

翠珠の問いに、夕宵は「毒物調査の能力は、内廷警吏局のほうが優れている」と皮肉っぽく言った。

「なにせ、歴史がちがうからな」

「物騒な話ですね」

翠珠も苦笑いで返すしかできなかった。

繰り返すが、敵に毒を飲ませることは容易な技ではない。特に近年のように人々の知識が豊富になると、すぐに足がついてしまう。

しかし一昔前の内廷では、ちょいちょいと毒による事件が起きていたらしい。というのも当時は内廷警吏も含めた宦官の腐敗がなかなかのもので、彼等を味方につければ難なく自分の犯罪を隠すことができたからである。

頻繁に起きる毒物を使った犯罪。その真相を明らかにする正規の目的の他、黒のものを白、白のものを黒とするのにも知識が必要だ。そのような事情から内廷警吏局は、伝統的に毒物への知識が深い場所となっていたのだ。

「衣装か、装身具に毒が含まれているのなら、内廷警吏局はすぐに割り出してくれる」

夕宵の言葉に、翠珠は申し訳なさそうに言った。

「すみません。日焼けの線が濃いと思ったのですが――」

「いや、私もそうだと思っていたから気にするな」

二人並んで通用口をくぐる。傍門ではあるが、瓦《かわら》屋根のついたそれなりに立派な造りのものだ。外廷側の宮道を、まだ東にある夏の太陽がまばゆく照らしている。ふと翠珠はその場に立ちすくんだ。

一昨日、日傘を差さずに外出したのに、胡貴妃はなにも症状を呈さなかった。となれば、やはり日焼けの線はないと認めねばならぬ。それは分かっている。しかし、どうしても釈然としない部分があるのだ。

「正直、衣服や装身具に毒物がついていたというのは考えにくい」

隣で夕宵が言った。気がつくと彼も横で立ちどまっていた。

「ですよね」

翠珠は身を乗り出す。

「先に衣服に触れたはずの女官達に被害がないことももちろんですが、右の頸《くび》から肩にかけてなどという、局所的な症状となった理由が分かりません」

「ああ。過失であれ故意であれ、不自然が過ぎる」

はっきりと夕宵は言った。

日焼けであればよいと、彼は思っていたのだろう。であれば事件性はないから、誰も裁かずに済む。罪が存在しないのなら、そのほうが良い。たとえ、骨折り損のくたびれもうけと揶揄《やゆ》されたとしても。

犯罪を見逃すことは許されない。それ以上に冤罪《えんざい》は許されない。

だから御史台の者は、必死に真相を究明しようとするのだ。

「医学的な面でなにか可能性がないか、もう少し調べてみます」

翠珠の宣言に、夕宵の顔に安堵《あんど》の色が浮かぶ。

「頼む。こちらも事件、事故となる可能性はすべて探ってみる」

犯罪も冤罪も、けして許さない。御史台官としての夕宵の強い信念が、翠珠にははっきりと伝わった。

夕宵と別れて杏花舎への道を進みながら、翠珠は思考を巡らせる。

晴れないのか？

日焼けの可能性はなくなった。それははっきりと立証されたのに、なぜこうも疑念が晴れないのか？

それは患部と罹患《りかん》期間が限定されていることを考えれば、睡蓮《すいれん》を観た日に原因があったと考えるのが、やはり自然だからだ。しかし同じような状況でも、一昨日に蓮を観たあとには症状を呈さなかった。

日焼けという原因に固執するのなら、睡蓮と蓮では、なにがちがっていたのかを考えるべきなのだろう。結果ありきで推論を重ねるなど、病状診断でも犯罪捜査でも本来はすべきではないのだが、どうしても気になってしまう。

睡蓮と蓮はよく似た花だが、茎の長さや開花時間などがちがう。蓮は長い花茎を持ち、水上から伸びるように咲く。花は早朝に開き、昼前には閉じてしまう。対して睡蓮は茎が短いので、水面に浮かぶようにして花は咲く。そして昼過ぎても開いている。

杏花舎への門をくぐった直後、翠珠ははたと立ち止まる。

（時間？）

一昨日、胡貴妃が何時ごろ蓮池にむかったのかは聞いていない。しかし蓮の開花時間を考えれば、少なくとも午前中だろう。対して呂皇貴妃の芍薬殿を訪ねる途中、睡蓮を観たのは昼下がりだった。

雲でも出てこなければ、日差しは午後のほうが強い。まあこの時期は、よほどの早朝でもないかぎり日差しはおしなべて強いのだが。

（一昨日、何時ごろに出たのかを訊《き》いておけばよかった……）

いっそいまから引き返して、訊いてくるか？　時間を確認するだけなら女官や宮人でもかまわないから、謁見を請う必要もない。翠珠の気持ちは、もはや戻る方向に完全にむきかけていた。

「李少士」

「師姉《シージェ》、お帰りなさい」

錠少士と霍少士の二人が、並んで回廊を歩いてきた。仲の良い姉弟《きょうだい》のようである。二人とも大きな笊《ざる》を抱え、中には土が付いたままの薬草が入っている。黄色の小さな花が咲いていた。

杏花舎内の小さな畑では、栽培が難しくない薬草を育てている。人参《にんじん》や柴胡《さいこ》のように、需要が高く栽培にも手がかかるものは、郊外にある専用の畑で栽培する。翠珠はまだ行ったことはないが、とてつもなく広大だと聞いている。

「もう、小連翹《しょうれんぎょう》が採れるの？」

「このあたりは十分育っていましたよ。ちょうど在庫がなくなりかけていたので良かったです」

霍少士が答えた。笊の中の薬草は小連翹。道端でも見かける雑草で、収穫は晩夏から秋にかけてなので時季としては少し早い。汎用《はんよう》性が高い薬草で、喉《のど》の諸症状や皮膚炎のほか、月経不順などにも用いられる。乾燥させて処理したものを煎《せん》じ、服用もしくは塗布するなどして使う。

多くの生薬は、まず水洗いをしてから乾燥させる必要がある。その作業は基本的に若手医官の役目である。

「製薬室に行くんでしょう。私も手伝います」

「いや、その前に報告してきなさいよ」

錠少士が言った。確かに梅花殿のことを、高大士に伝えなければならない。

「そうでした。ではあとから行きます」

「急がなくていいわよ。小連翹なんて、あわてて補充するものでもないし」

「ですよね。特にいまの時期は注意が必要ですし」

なにげなく霍少士が口にした言葉が、翠珠の思考を揺り動かした。

いままで培ってきた漠然としていた知識が、土中から浮き上がるようにその姿を明らかにして、これまでふわふわと浮かんでいた疑問をわしづかみにする。

「あ!?」

翠珠は声をあげるなり、走り出した。錠少士と霍少士があ然としていたが、気心の知れたあの二人には、あとで説明をすればいい。回廊を駆け抜けていたところで、紫霞と鉢合わせた。

「晏中士、ちょうど良かった。話を聞いてください」

「ど、どうしたの？　そんなに急いで」

つかみかからんばかりの翠珠に、紫霞は珍しくたじろぐ。

大士達はみな人格者だが、少士の立場では直接物を言うのは緊張する。しどろもどろになって、うまく説明できない可能性もあるので、一度紫霞の意見を聞いておくべきだと思ったのだ。

とはいえ、この状況だけでそんな真意が伝わるわけがない。紫霞はしばし怪訝《けげん》な顔をしたあと「もしかして、胡貴妃様の件？」と訊いた。

「そうです」

大きくうなずくと、紫霞は口端をくいっと持ち上げた。うっとりするほど優雅で美しい笑顔だった。

「いいわよ。なにを思いついたの？」

「小連翹です」

さきほど目にしたばかりの薬草の名を、翠珠は口にした。


それから数日かけて検査を行い、胡貴妃の病状は日光によるものと判定された。念のために調べた衣装や装身具からも、毒物は検出されなかった。

事件性はないという報告に、一番胸を撫《な》でおろしていたのは呂皇貴妃だという。さらなる高い位を授けられたことで、後宮の女主《あるじ》として公平にふるまう彼女は事件が起きたことを憂いていた。

「いったい、なにがきっかけだったんだ?」

正面の席で夕宵が問うた。

真相が公表されてから二日。詳しく話を聞きたいと訪ねてきたので、翠珠は彼を詰所に通した。とうぜんながらこちらが知っていることはすべて伝えているが、医学的な観点で分かりにくい部分があったようで、個人的に説明を求めにきたのだ。

「そもそもだが、日焼けでそのようにひどい症状を呈する者は多いのか?」

「多くはありませんが、一定数いますね。程度は個々でちがいますが」

通常の体質であれば、日光を浴びただけで劇症は起きない。

しかし世の中には日光に対する抵抗力が極端に弱く、わずかな光を浴びただけで強い症状を呈する者がいる。発疹《はっしん》、発赤、炎症等の症状を呈し、ひどければかなりの痛みを伴う。

予防法は日差しを浴びないようにするのみなので、彼等は昼間の行動が制限されて不自由な生活を強いられてしまう。

「しかし胡貴妃に症状が出たのは、あの日だけだろう」

「はい。ですから余計に混乱していたのです。胡貴妃様がそのような体質であれば、蓮《はす》池《いけ》に行ったあとにも症状は出ていたはずですからね」

いつのまにか体質が変わっていたのなら、これまでなんともなかった日差しがとつぜん病因となることはある。それが最近であれば、睡蓮を観賞した夜に初めて発症したことは説明ができる。

だがそれなら、蓮池に出向いたあとにも同じ症状が出なければおかしい。ゆえに日焼けという可能性はいったんつぶされた。

「ですが症状が出た箇所から、どうしてもその可能性を捨てがたかったんですよね。だから開き直って、日焼けという推測ありきで考えてみたんですよ」

「捜査であれば、それは非常に良くないぞ」

「でも、捜査ではありませんから」

茶化すように返した翠珠に、夕宵は苦笑した。

彼は茶を一口喫し、あらためて問うた。

「それで結局、なにがきっかけで分かったんだ？　胡貴妃の発病のきっかけが、無花果《いちじく》だなんて」

その果実名を、夕宵はことさら強調した。

平生はなにも症状を呈さない者が、ある種の食物を摂取することで日光への過敏性が誘発されることがある。いま分かっている食物が、柑橘《かんきつ》系とセリ系の植物の一種。そして、無花果だった。

胡貴妃は無花果の摂取により、日光による強い皮膚症状が誘発される体質だった。

彼女がいつ頃から、そのような体質になっていたのかは分からない。もしかしたらけっこう早いうちだったのかもしれない。しかし身分柄、強い日差しを浴びることがまれだった。浴びたとしても、無花果を食べていなければ影響はない。

　いままでは二つの要因がうまく重ならずにきたことで、症状が出なかった。ゆえに胡貴妃も医師達もその特異体質に気が付かなかった。その知識自体は、ほとんどの医師が持っていたにもかかわらず。

　しかし彼女は、最近になって日を浴びることを気にしなくなった。そして無花果を口にしたあと外出をし、日傘の範疇《はんちゅう》から外れた部分に直射日光を浴びた。夏の衣装では首まで覆わない。しかも薄い紗《しゃ》の生地は、肩の付近まで日差しを通してしまった。

「私が無花果の可能性に気付いたきっかけは、小連翹です」

　怪訝な顔をする夕宵に「薬の名前です」と翠珠は答えた。

「あ、連翹とは別の花ですよ。同じ黄色ですけど」

　ちなみに連翹も、果実が生薬として扱われる。

「実は小連翹も、摂取によって日光への過敏性が誘発される場合があるのです」

　霍少士が言っていた、この季節の使用に特に注意しなければならない理由は、それである。雑草としても生えているので手に入りやすく、しかも適応範囲が広いので、知識のない者が安易に使ってたまにこの症状を訴えてくる。

　もちろん、その体質に当たらぬ者には有用な薬草である。無花果も同様で、ほとんどの者には有害な食物ではない。

「なるほど。となると今回ばかりは菊花殿も災難だったな」

「ああ、少し疑われていたそうですね」

翠珠は苦笑した。

胡貴妃の病は、栄賢妃の仕業ではないか？　少し前までそんな噂が立っていた。

出所は分からぬが、栄賢妃が第五皇子の件でまだ胡貴妃を疑っているのなら動機はある。

「別に御史台が疑ったわけではない。噂でやり玉に挙がっていただけだ。まあ日ごろの行いが招いた結果だろう」

「言いますね」

声をあげて笑った翠珠に、夕宵は少し気まずげな顔をする。品行方正な彼だから、言葉が過ぎたとでも思ったのかもしれない。

言葉に困った夕宵は、茶杯を持ち上げてぐいっとあおった。

その程度の戯言《ざれごと》を気にせずともと思いはしたが、彼の生真面目さが好ましくて、翠珠は自然と微笑んでいた。

第二話　女子医官、人寰《じんかん》を知る

胡貴妃の病名が判明して間もない頃。菊花殿と梅花殿に仕える者達が、派手な言い争いをした。

翠珠がその話を聞いた場所は、芍薬殿だった。その日は呂皇貴妃から夕餉《ゆうげ》に招かれており、終業後に紫霞とともに足を運んだのだ。広間には呂皇貴妃の甥《おい》・高峻と、そして彼の後輩でもある夕宵が同席していた。

呂皇貴妃は翠珠に目をかけているので、ちょいちょいと昼餉やお茶会などに呼んでくれる。かつては蛇蝎《だかつ》のように嫌われていた紫霞も、長年の誤解が解けて気に入りとなっている。それどころか近頃の呂皇貴妃は、紫霞を高峻に再嫁させようと目論《もくろ》んでいる気配すらある。この二人はもともと夫婦で、色々あってやむなく離縁しているのだ。

この席に夕宵が加えられた理由は、彼が翠珠と高峻の二人と親しくしていることもあったのだろう。だがなによりも呂皇貴妃は、後宮における夕宵の日頃の働きぶりと、愛娘・安倫公主《あんりんこうしゅ》を救助した過去を評価していた。

紫檀《したん》製の食卓を個々に配置し、上座に呂皇貴妃。彼女の右手側に夕宵と翠珠。左手側に高峻と紫霞の席が横並びに設《しつら》えられている。

「ついに、ですか」

夕宵はしかめ面で言った。

これまでの因縁がある。彼等がぶつかったこと自体は、時間の問題だったから驚かない。しかしその報《しら》せが呂皇貴妃の口からもたらされたことは、いささか意外であった。

「今朝の『百花の円居《ひゃっかのまどい》』で、待機していた配下の者達が顔を突き合わせたのだ」

漿水《しょうすい》の入った銀の杯を傾けつつ、呂皇貴妃はぼやいた。

飛鶴《ひかく》文様を織り出した石榴紅《ざくろべに》の大袖衫《おおそでさん》。高髻《こうけい》に戴《いただ》いた精緻《せいち》な細工の金冠には、翡翠《ひすい》や赤瑪瑙《めのう》等の貴石が輝いている。三十九歳の皇貴妃には、後宮の女主にふさわしい威厳と美貌《びぼう》が備わっている。

「ということは、こちらの殿舎で争いが起きたのですか？」

確認するように高峻が尋ねた。

後宮の妃嬪《ひひん》達が定期的に集う『百花の円居』は、最上位の呂皇貴妃が住む芍薬殿で行われる。妃嬪達にはそれぞれ女官や宦官《かんがん》がぞろぞろ付き従うのだが、室内に入れるのは主人のみで、御付きの者は外で待機している。

「さよう。双方の首領太監がつかみあいになりかけたらしい。人の住まいをなんだと思っておるのだ」

「それは相当ですね」

翠珠は呆《あき》れたが、夕宵は納得した顔で言う。

「第五皇子の件以降、双方がぴりぴりしていますからね」

「でも首領太監同士がつかみあいかけるって、なかなか壮絶な光景でしたよ」

口を挟んだのは、呂皇貴妃付きの女官・蘇鈴娘《そりんじよう》である。ちょっと毒舌のきらいはあるが、裏表がなくて付き合いやすい婦人だ。常に呂皇貴妃に付き従う彼女は、間違いなくその現場を目にしている。

「菊花殿の首領太監はよく存じ上げませんが、梅花殿の呉太監は気さくで、あまり怒るような方には見えませんでしたけどね」

「そのとおりよ。かなりの酒家だけど、どんなに酔っても東六殿にいたときには、諍《いさか》いを起こしたことはなかったわ。もちろん素面《しらふ》のときもね」

昇格前の胡貴妃は、東六殿に住んでいた。呉太監は自分から騒ぎを起こすような人間ではないと強調することで、ちくりと栄賢妃側の非を示唆しているわけだ。忠義者のこの女官は、なにかと主《あるじ》に逆らう栄賢妃を嫌いまくっている。

それにしても呉太監という人は、相当の酒豪らしい。柳里も心配していたから、かなりの飲酒量なのだろう。近づいても臭いこそしなかったが、あの顔色の悪さは常に酒が抜け切れていないゆえのものかもしれない。

「別に肩を持つわけではありませんが」

それまで黙っていた紫霞が口を開いた。爪化粧も指輪もないのに白魚のように美しい指が、銀の箸《はし》を優雅に携えている。

「主のご気性から、菊花殿の方々は、常日頃から神経を尖《とが》らせざるを得ないのだと思います。それゆえ些細《ささい》なことにも、突っかかってしまうのではないでしょうか？　もちろん矛先を向けられた梅花殿の方々は気の毒ですが」

菊花殿に出入りする機会が多い紫霞は、彼等に同情の意を示した。

確かにそれは翠珠も感じる。栄賢妃には、なにが逆鱗《げきりん》に触れるか分からぬ剣呑《けんのん》さがある。うまくやっているほうの蓉茗でさえ、先日は熱い茶を浴びせられてしまった。もっとも翠珠への八つ当たりで、しかも故意にかけようとしたわけではなかったのだが。蓉茗本人は大したことないと言っていたけど、翠珠はちょっと気になっている。

「然《さ》もありなん」

呂皇貴妃は嘆息した。

「奴婢《ぬひ》達への過剰な折檻《せっかん》は、おのれの評判を貶《おとし》めるだけ。ゆえに控えるようさいさん申し付けておるが、あの愚か者は聞く耳を持たぬ。あのような主を持った菊花殿の者達は災難というしかあるまい」

まったく同意だが、ふと気になることを思いだした。

「菊花殿の女官から聞いたのですが、入宮した頃の栄賢妃様は、もう少し穏やかな方だったというのは本当でしょうか？」

この翠珠の問いに、夕宵と高峻は「嘘だろ？」と言わんばかりの顔をした。対して呂皇貴妃と紫霞は気難しい表情でしばし沈思する。やがて先に紫霞が口を開いた。

「そんな話、誰から聞いたの？　私が担当医官となった頃は、もういまのようにおふるまいだったわよ」

「桃女官です」

紫霞が栄賢妃の担当医となったのは、彼女の懐妊発覚前後で一年半程前である。聞いたときは、思ったよりも最近だな、という印象だった。

栄賢妃は四年前に、十八歳で入宮した。そのときは別の中士が担当していたが、彼女が自身の妊娠をきっかけに退官したので、紫霞が引き継いだということだった。

呂皇貴妃はきれいに整えた指先を顎《あご》の下に添える。

「確かに入宮したての頃は、もう少しおとなしかった印象もある。しかし十七、八の右も左も分からぬ娘として、それはあたり前ではないか？」

「……ですね」

呂皇貴妃の意見に翠珠は納得する。確かにいくら栄賢妃でも、その状況なら多少遠慮するだろう。

「だとしても私は、あの方にそんな時期があったこと自体が驚きなのですが……」

「夕宵」

真面目な顔で言った夕宵を、高峻が苦笑いを浮かべつつたしなめた。夕宵は決まり悪い顔で、手元の杯を飲み干す。そのやりとりに女性達は声をあげて笑ったが、その中で呂皇貴妃がふいと表情を改めた。

「天子にお仕えすることは女子としてはなはだ名誉であるが、後宮で暮らすとなればどうしたって神経は尖る。これは妃嬪にかぎらず女官や太監も同じことだろう。むろん菊花殿の横暴を大目に見ろというわけではないが、栄賢妃のような者に仕えるあの者達も哀れとは思うのだ」

「そうですね。菊花殿の首領太監も、平生は短気とか横暴な方ではないのですが」

かばうように紫霞が言った。翠珠も彼とは何度か話したことがある。たまに嫌みな態度や物言いはあるが、それも許容範囲の普通の人間だった。人当たりのよい呉太監と比べたら好感度の点で多少落ちるが、そこまで嫌な印象はない。

偏見という非難を恐れずに言えば、宦官は神経質で精神的に不安定な人が多い印象がある。様々な劣等感などの心理面に加え、二次性徴の強制的な阻害という身体面の影響も大きいのだと思う。

「それで今回の騒動は、いかにして収めたのですか？」

高峻の問いに、呂皇貴妃は深く嘆息した。

「胡貴妃が取りなして、自分に仕える者達を引かせた。栄賢妃はたしなめるどころか梅花殿側が悪いとわめくだけで、仕える者達も頭ひとつ下げようとしなかった。あれでは禍根が残るにちがいない」

「叔母上《おば》からすれば腹立たしいでしょうが、菊花殿の者達もその状況で謝罪などしてしまっては、栄賢妃の機嫌を損ないかねませんからね」

なるほど、そういうこともあるかとあらためて翠珠は思った。

それにしても、その場に蓉茗はいなかったのだろうか？　彼女であれば、うまく栄賢妃を宥《なだ》められたようにも思うのだが。

「確かに、そなたの言うとおりだな」

「そう、お気をもまれますな。胡貴妃様と呉太監なら、うまく収めてくださいますよ」

憂鬱《ゆううつ》な顔をする呂皇貴妃を励ますように、鈴娘が言う。そして今回の騒動にかんして呉太監は当事者だが、彼は話が通じる人間なので、これ以上軋轢《あつれき》を大きくすることはなかろうと付け加えた。

食事も終わり、最後に蜂蜜《はちみつ》と牛乳を使った氷菓が出る。立方体に切った芒果《マンゴー》が添えられており、鮮やかな色が乳白色の菓子によく映える。無色透明の玻璃《はり》の器もまた涼し気である。

おいしそうだと匙《さじ》を取ったところで、向かいの席で高峻と紫霞が互いに身を乗りだして顔を近づけあっていることに気がついた。特に艶《つや》めいたものでもなく、なにか話しあっているように見える。

少しして紫霞が、自分の氷菓を高峻に渡す。受け取った高峻は、自分の芒果を紫霞の器に移してから彼女に戻した。器を受け取った紫霞は芒果と氷菓をすくって口に運び、美しい口許《くちもと》をほころばせた。

（あら、まあ……）

なんとなく、こっちが気恥ずかしくなって翠珠はちょっと目をそらす。すると同じように視線をそらしていた夕宵と目があう。ほんのしばしの見つめあいのあと、たがいに向かい側の先輩に気付かれぬよう、そっと肩を揺らした。

「そういえば、高峻」

呂皇貴妃が切り出す。鈴娘となにか話していた彼女は、先程の甥《おい》の行動に気付いていなかったようだ。

「そなたが担当している、裁判の審議はどうなっている？」

「ああ、あれですか」

はっきりとは言っていないが、おそらく例の浄身術の裁判だろう。食事中にする話題とも思えぬが、それだけ世間の話題になっているのだ。ちなみにこの裁判、世間では『桟唐事件《さんとう》』と呼ばれている。亡くなった男子とその両親ではなく、施術を行ったもぐりの業者が住む村名が桟唐というものだった。

「事情や証言を集め終わり、それをもとに審議をしているところです。秋までには判決を下したいと考えていますが、影響が広く及びそうなので迂闊《うかつ》に答えは出せません」

「医師の立場から言わせてもらえるのなら、浄身のように危険な術を、資格を持たぬまま手掛けた業者には、厳罰を下して欲しいところです」

紫霞の意見には翠珠も同意だったが、かといって親の訴えをすべて受け入れるのにも抵抗がある。

高峻の答えに、呂貴妃はしばし沈思していた。やがて匙を手元に置き、おもむろに問うた。

「安全な施術への依頼は値が張る。この世で内廷のみが太監という存在を必要とするのなら、われわれがその費用を補塡《ほてん》しなければ、ということになるのか？」

思いがけない疑問に、翠珠は驚く。そんなことを考えていたのか？　どうりで自らこの話題を切り出したわけだ。彼等を必要としている唯一の場所・後宮の主として、考えるところがあったのかもしれない。

「それはありえません」

高峻は言った。

「国はむしろ浄身の件数を制限しています。無尽蔵に増えていっても、宮中で召し抱えられる太監の数には限界があり、雇用されなかった浄身者は路頭に迷うしか術《すべ》がなくなります」

宮中は浄身をした者であれば誰でも採用するわけではない。成育歴はもちろん、容姿や才能も審査する。採用試験に落ちた者は、浄身した身体で世間に放り出される。

「取返しの付かない身体になったうえで、それではあまりにも悲劇です。いまでさえ増えつづける件数を持てあましているのに、そんなことをすれば国が浄身を奨励しているように受け取られかねない」

確かに国は、奨励も強制もしていない。あたりまえだ。浄身者が増えれば、必然的に人口が減る。それは国家の弱体化を招く。

そのいっぽうで、制度として禁止はできない。なぜなら宦官《かんがん》は不要ではなく、宮中に都合の良い数だけは必要な存在なのだ。

親からもらった身体を傷つけること。子を持たぬこと。双方とも経書の教えでは戒められていることなのに、それを体現したような宦官の存在を国が欲している。まさしく二重基準である。

だからこの裁判は、判決が難しいのだ。

国が態度をはっきりさせないから、宦官の現状を知らぬ者が成り上がることを夢見て一念発起して自宮をし、入宮後にその現実を知って打ちのめされる。そんな悲劇がいまでもしばしば起きている。己の意思での自宮ならともかく、親が子に強いた場合などは悲惨である。

話がすっかり重くなってきた。翠珠は空になった器を見る。この美味な氷菓の味が感じられなくなる前に食べ終えていてよかったと思った。

大暑を迎えたその日は、猛烈に暑い一日だった。

しかも前日から日が落ちてもいっこうに気温が下がらず、翠珠は官舎の寝台で寝苦しい夜を過ごした。出勤時に見た東の空には、すでにぎらぎらした炎夏の太陽が昇っていた。翠珠は若手なので早めの涼しい時間に出るが、それでも杏花舎に着いたときには汗がにじみ出ていたほどだ。

「おはようございます」

夜勤明けの陳中士《ちんちゅうし》に挨拶《あいさつ》をしてから、汗を拭《ふ》くための手巾《しゅきん》を出した。しかしこのまま使うより、濡《ぬ》らしてから拭《ぬぐ》ったほうがさっぱりしそうだ。

幸いにして陳中士は厳しいことは言わない人だ。紫霞《シージェ》が師姉と慕うこの婦人は、三人の子供の母でもある、おっとりと優し気ながらも貫禄《かんろく》のある医師だった。

「ちょっと井戸まで行ってきますね」

そう断りを入れたとき、入口の簾《すだれ》を撥《は》ね上げて飛び込んできた者がいた。

柳里だ。梅花殿の少年太監である。

「どうしたの？」

顔見知りの年下の少年に翠珠は親し気に話しかけたのだが、蒼白《そうはく》となった彼の顔にあわてて気持ちをひきしめる。なにを能天気に構えているのだ。こんな早朝に医局に飛び込んでくるのだから、容易ならぬ事態が起きたに決まっているではないか。

「どうしたの？」

陳中士が同じことを訊《き》く。熟練の医官はとうから危機を察していたとみえ、その表情は険しい。

「は、はやく来てください！」

柳里は叫んだ。恐怖と動揺で泣き出しそうな顔をしている。

「師父が、呉太監が動かないのです」


結論から言うと、呉太監は完全に事切れていた。

陳中士とともに駆けつけたときは、すでに硬直がはじまっていた。翠珠のような経験の浅い者が一目しただけで死亡が分かる状態だった。

床に伏した遺体の口許やその付近は吐瀉物《としゃぶつ》にまみれ、少し離れた場所には中身をぶちまけた杯が転がっていた。卓上には青菜のかけらが残った皿と、空になった酒瓶がいくつかある。

「残念ですが、すでに亡くなっておられます」

脈と呼吸を確認した陳中士の言葉に、かたわらで様子を見守っていた次席太監が息を呑《の》む。入口付近でたむろしていた梅花殿の奴婢《ぬひ》達が「そんな！」「どうして！」と、口々に悲痛な声をあげる。中でも柳里の動揺は激しく、まるで足の筋を切られたようにがっくりとその場に崩れ落ちた。

「師父……」

かすれた声を漏らし、床に額をつけるようにして嗚咽《おえつ》する。その悲痛なさまに釣られたように他の者達がいっせいに泣き出した。柳里の反応により、混乱からはっきりと一人の死を認識したかのように。

「いったい、なぜ!?」

「昨日までは、あんなにお元気だったのに！」

悲嘆にくれる彼等に、翠珠と陳中士は気まずげに視線をあわせる。誰かの死に直面した医師が、遺族や故人と親しかった者にかける言葉を探しあぐねるのは、何年の経験を持っていても変わらない。まして翠珠のように経験の浅い者はなおさらだ。彼等の慟哭《どうこく》に胸を痛めながら、為すすべもなく立ち尽くすしかできない。

「趙浪《ちょうろう》……」

不意に聞こえた声に、翠珠は振り返る。出入口付近で嘆いていた者達をかきわけるようにして姿を見せたのは、漉中士だった。いつもは泰然とした人物だったが、呉太監の遺体にさすがに呆然《ぼうぜん》としている。

（趙浪って、呉太監の名前？）

現状ではあまり重要でないことが、単純に翠珠は気になった。

そういえば呉太監も、漉中士を〝周興〟と名で呼んでいた。同郷の二人は親しい関係にあったようだ。男性の官吏と宦官が親しくなることは珍しい。

「漉中士、来てくれたのね。せっかくだけど、随分前に亡くなっていたみたい」

彼女のせいではないのに、申し訳なさそうに陳中士は言った。

杏花舎を出る前に、漉中士が出勤したらすぐに来てもらうよう言付けていたのは陳中士だった。とはいえ男性医官が日中に内廷に入るのは、いささか手間がかかる。そのあたりは大丈夫かとひそかに気になっていたのだが、うまくさばいたようだ。

「そのようだな」

漉中士は短い言葉で応じた。落ちついた態度は崩さないが、言葉尻《ことばじり》に少なからず動揺がうかがえる。陳中士は目尻をぬぐう次席太監に言った。

「変死ですから、内廷警吏に報告を──」

「酩酊《めいてい》だろう」

陳中士の要求を、漉中士はぶっきらぼうにさえぎった。

そうだろうとは翠珠も思っていた。この光景を見るかぎり、死因はそれが有力だ。

短時間における酒の過度な摂取により、意識障害や心肺機能の低下を起こす例は少なくない。酒に慣れていない者や、人からの勧めを断れない若年者に多い事故で、程度がひどいと死に至る。どれほどの量を摂取すればそうなるのかは、個人差が大きいので基準はない。

呉太監はかなりの酒飲みだったというし、なによりこの部屋の状況だ。吐瀉物を喉《のど》に詰まらせた可能性もあるが、それとて飲酒が原因であることに変わりはない。

「外傷も血痕《けっこん》もないからな。酔って椅子から転がり落ちたんだろうが、打撲が死因になった様子でもない」

「そんなはずはありません！」

それまで床に突っ伏していた柳里が叫んだ。ぐいっと上げた顔は、涙と埃《ほこり》にまみれてぐちゃぐちゃだった。

「師父は酒に強かった。どれほど飲んでも悪酔いすることはありませんでした」

「だから酒量が増えていったんだろうが」

瀧中士は言った。死者を悼む表情に、わずかな苛立《いらだ》ちがにじみでている。

「弟子ならとうぜん知っているだろう。あいつのとんでもない酒量を。それに生前の顔色を見れば分かっただろうが、趙浪は臓腑《ぞうふ》がかなり悪かった。いつぽっくり逝ってもおかしくなかった」

「でしたら、なぜ飲酒を止めなかったのですか⁉」

声を荒らげたのは、次席太監だった。

「あなたは担当医だったのでしょう。それだけ身体が悪いのに、呉太監は飲酒をつづけて薬も飲んでいなかった。あなたはいったい、なにをしていたのですか？」

「そうだわ！」

目の縁を腫《は》らした、若い宮人も叫ぶ。

「飲み過ぎを心配した私に呉太監は、『あいつはなにも言わないよ』と返しました」

「そんなに悪くなっているのが分かっていながら、なぜ注意もしなかったのです？」

火が点《つ》いたようにいっせいに瀧中士を責め立てる奴婢達に、翠珠と陳中士は呆気《あっけ》にとられる。

確かに呉太監の病状を認識しながら、瀧中士がなにひとつ忠告をしなかったのなら職務怠慢である。しかし瀧中士の言い分を聞きもしないでのこの責めようは、あまりにも一方的過ぎるのではないか。

見かねた陳中士が口を開く。

「みなさん、ちょっと落ちついて――」

「しょせん宦官《かんがん》相手だと、侮っていたのではありませんか？」

低い声で問うたのは、次席太監だった。それまでの直情的な非難とは打って変わった押し殺した声音に翠珠は息を呑む。瀧中士をにらみつけるその眼には、様々な感情を拗《こじ》らせたどす黒い怒りがにじんでいた。

「勝手なことを言うな」

微塵《みじん》もひるむことなく瀧中士は言い返した。

怒りや動揺など、余計な感情はいっさい交えない断固とした否定だった。鍛錬した鋼のような強い態度に、次席太監のみならず奴婢達は気圧《けお》されかける。

「子供ならともかく成人が自分の意思で不養生を貫いていたんだ。医師にできることなんざ、なにひとつない」

真理である。強請《ゆす》りや脅迫は別として、上下の関係にない成人に行動を強いることはできない。たとえそれが当人に利があることでも、あるいは放置すれば当人を害する結果になるとしても。

ならば呉太監は、漉中士の治療や診療を拒否していたのだろうか？

——あいつはなにも言わないよ。

——口が過ぎるぞ。周興は優秀な医者だ。

呉太監のあの言葉を思い出せば、彼が漉中士にそのようにふるまっていたというのは疑問が残る。

「し、しかしっ！」

「落ちついてください」

なおも食ってかかろうとした次席太監に、見かねた陳中士が声をあげた。次席太監ははっとした顔で口をつぐむ。彼とてある程度の地位にある者だ。人前で感情的になりすぎたと自覚したのだろう。

気まずげな顔をする次席太監に、漉中士は不快気な顔でそっぽをむく。梅花殿の者達も一方的過ぎるが、漉中士のこの態度も少々問題があるとは思った。せめて呉太監にどのように病状説明をしていたのか、そのうえで彼がどういった経緯で養生を拒絶したのかを話すべきではと思った。

（でもこの人達は、呉太監の家族でも主《あるじ》でもないからなあ……）

故人とはいえ、患者の診療経過をべらべらと他人に話すことは、医師として不誠実である。柳里は徒弟だから近い関係かもしれないが、そもそも宦官の徒弟制度がどの程度の濃密なものなのか翠珠は分からないから、どうとも判断ができない。なにより若年の彼にそこまで背負わせるのも不安がある。

「内廷警吏を呼んだほうがいいです。あとは彼等に任せましょう」

瀧中士と次席太監、そのどちらに対するともつかぬ口調で陳中士は言った。

立秋の少し前になる休日。

翠珠は女子太医学校の同級生三人と、市街地の茶店で再会した。そのうち一人は、官舎で同室だった譚明葉《たんめいよう》だ。

女子医官は卒業から二年間の研修中は、官舎に住むことを義務付けられる。その期間を終えた翠珠以外の三人はすでに官舎を出ていて、それぞれの職場で働いていた。ちなみに翠珠も研修期間中に住んでいた相部屋の官舎は引き払い、いまは単身者向けの個室の官舎に住んでいる。ここには紫霞と錠少士も住んでいる。

ともかくそのうちの一人が故郷に帰るというので、送別会と称して集まったのだ。久しぶりの友人達との会食に、翠珠はお気に入りの水藍《すいらん》色の短衫《たんさん》を着た。袷《あわせ》の襖《おう》はこの時季はまだ暑い。幅広の襞《ひだ》をよせた裙《くん》は群青色だ。

数か月ぶりの再会。まして若い女の集まりだから、とうぜん話ははずむ。

屏風《へいふう》で仕切った半個室で、黄花梨《こうかりん》の長卓を囲んだ四人はそれぞれの近況話に花を咲かせる。

「そうなのよ。家では親が結婚の話ばかりで、もう耳に胼胝《たこ》ができそう」

「うちの親は、女医なぞごめんだと断られてばかりだと嘆いていたわ。こんなことなら医学校になぞ行かせるんじゃなかったと、さんざん愚痴られたわ」

むしろ武勇伝を語るような物言いに、翠珠は声をあげて笑う。

よほど若年で入学した者でもないかぎり、四年の学校と二年の研修期間を終えた頃には二十歳を越している。世間的な適齢期はとっくに過ぎた、いわゆる行き遅れだ。ちなみに女子太医学校の最年少入学年齢は、現在次官を務める向《こう》次長の十二歳である。

夏茶を飲みながら、卓いっぱいに並んだ餃子《ギョーザ》、包子《パオズ》、粽《ちまき》等の点心を、食欲旺盛《おうせい》な若い娘達はみるみるうちに平らげてゆく。皿がほぼ空になったところで、追加の点心か口直しの甘いもののどちらを注文するかを皆で話しあった。

「私、杏仁羹《きょうにんかん》が食べたい」

「私は黒蜜《くろみつ》の豆花《とうか》がいいな」

「なによ、結局みんな甘いものなのね」

四人の中で最年長の夏《か》氏が苦笑する。年齢は錠少士と同じだが、年下の同級生ばかりを相手にしてきた夏氏は姉貴肌で、錠少士より落ちついて見える。この面子《メンツ》では翠珠と明葉が同じ年で、もう一人の善《ぜん》氏がひとつ上である。故郷に帰ることになったのは彼女である。

それぞれに好みの菓子を注文してから、茶のお代わりを白磁の杯にそそぐ。色の薄い白茶には熱を取る作用があるので、この季節には好んで飲まれる。

それぞれが茶杯を傾けたとき、とつぜん壁に穴が開いたかのように男性達の声が聞こえてきた。隣室からだった。障屏具が屏風だけだから会話など常に筒抜けなのだが、それまでは自分達の話に夢中で気付かなかった。

「いや、俺は無理だと思うぞ。親側の敗訴で終わるんじゃねえ？」

「術者も多少の罰金は払うことになるだろうが、親への賠償なんざ払ったとしても微々たるものだろ。それより違法の業者に依頼したことが問題視される気もするが」

桟唐事件について話しているのだと、すぐに分かった。特に申し合わせたわけでもないのに、翠珠をはじめ他の三人も茶をすすりながら耳を傾けていた。なにしろ景京に住む者は全員が注目している裁判なのだ。

「もしそれで親のほうも罰せられたら、まさしく藪蛇《やぶへび》だな」

「しかしまあ、子供も死んで良かったんじゃないか？　そんな身体にされて生かされたって、どうせろくな人生にならないぞ」

「いやいや。条比沃《じょうひよく》の例もあるぞ」

太宗《たいそう》の時代に、富貴を極めた有名な宦官の名である。皇帝付きとして忠義を尽くしたことで、主の寵愛《ちょうあい》と信頼を得た。記録上では大きな宦官禍はもたらしていないが、当時の官僚達からはだいぶ反発を受けたらしい。しかし皇帝より先に亡くなったこともあり、主の保護下で穏やかな晩年を過ごした宦官の成功者として、たびたび例に挙がる。

「いつの時代の話だよ。いまの陛下は十代目だぞ」

「そうそう。それに『安南の獄』以降、そんな出世は夢の話だからな。そんなことも知らない無知な親が、欲に取りつかれてやったことだ。術者よりも親のほうに天罰が下ればいいと思うがね」

「ちがいねえな。浄身なんてほんとおぞましい話だよ。俺が死んだ子供なら、むしろ術者に殺してくれたことの礼を言うかもしれない」

「知っているか？　浄身した奴はとんでもなく臭いらしいぞ」

「ああ、聞いたことがある。術の影響ですぐに漏らすから、その臭いが染みついているらしいな」

そこで男達はいっせいに、下卑た笑い声をあげた。

これは誤解でも偏見でもない。浄身は施術により尿道が短くなるので、尿意を感じるのと実際の排尿に時間差がなくなり、結果として漏らしてしまう。施術をして間もない少年や、老人にそのような者が多い。もっとも後者は施術の有無は関係なく、その傾向が出てくるものだが。

「いやだ、いやだ。そんな身体になって生きるぐらいなら、死んだほうがましだね」

男の声音には、芯《しん》からの侮蔑《ぶべつ》がにじんでいた。彼等に酔っている気配はない。やや口が過ぎるきらいはあるが、大袈裟《おおげさ》でもない本音を語っている。つまり茶店での世間話としては日常的なものなのだ。

しかしこの場に宦官《かんがん》がいたのなら、ひどく失礼な発言となる。

宦官になるぐらいなら、死んだほうがまし。

これにかぎったことではなく、ある境遇に置かれたことを「死んだほうがまし」と言うことは、その状況を抱えて生きている者には存在を否定されることに等しい。誰が聞いているのか分からないのだから、うかつに口にする言葉ではない。

屛風のむこうで彼等の会話はつづく。

「それでよほどの出世ができなければ、親族からも縁を切られて、入る墓もないっていうんだから悲惨だよ」

「外城の西門を出て少し行った山中に、道観があるけど知っているか？　あそこは宦官達が金を出し合って作ったところらしく、あいつらのための廟《びょう》があるらしいぞ」

それは初耳だった。確かに家族と縁を切っているのなら、そのような施設が必要となるだろう。なにしろ宦官は一部の上級者をのぞけば、年老いて労働ができなくなると宮中を追いはらわれてしまうからだ。

自らの意思ならともかく、親に自宮をさせられた末にその結末というのなら本当に悲惨である。

――宦官相手だと、侮っていたのではありませんか？

そう言ったときの梅花殿の次席太監の表情や声音には、平生のやりとりでは出てこない鬱屈《うっくつ》した感情がにじみでていた。

健康な身体を持つ男達、そして女達からの侮蔑と嫌悪を肌で感じる。程度の差はあれ、欠けた肉体を持つ者の根底にそのような劣等感があることは、女の翠珠でも想像ができる。

とはいえそんな気持ちになったのは、この席ではどうやら翠珠だけのようだった。失禁の話が聞こえたときは、三人もさすがに嫌な顔をしたが、それはここが飲食店という理由で、それ以上のものはない。

「確かにあの裁判、長引きそうね」

「どうなるんだろうね」

「結果が出たら、手紙で教えてね」

善氏が言ったので、夏氏と明葉は「いいわよ」と了解する。結局はその程度の関心事に過ぎない。そうだろう。市井で働く彼女等には、宦官は身近な存在ではない。そして彼女達も、宦官になるくらいなら死んだほうがましだと思っているのだろう。自分が男であればという、ありえない前提のもとでの想定だから現実味は甚だ乏しいが。

「お待たせしました」

回廊側の屏風の陰から、給仕の女が姿を見せた。盆の上には四人が注文した菓子が載っている。

「杏仁羹と、豆花の黒蜜添えと小豆《あずき》添え。それから胡麻《ごま》団子です」

「はい、私は黒蜜」

「私は杏仁羹」

それぞれに自分が注文した菓子を受け取る。翠珠が頼んだものは豆花の小豆添えだ。白くなめらかな生地は良く冷えており、砂糖を加えて煮た濃い紫の小豆がよく映えている。匙《さじ》ですくって口に流し込むと、つるりとした喉《のど》越しが気持ち良い。

「美味《おい》しい〜〜」

「里に戻ったら、この店の料理が食べられなくなるのが悲しいわ」

「海南《かいなん》にも美味しいお店はあるでしょう」

善氏は海南市の出身で、翠珠と同じ南洲だ。その名が示すように港湾都市で、莉国の中ではかなり裕福な区域になる。ちなみに翠珠はその隣町出身で、海南から景京までの巨大運河が通る、水運の要の町としてこちらも裕福な地区である。

全体的に裕福な南州には、親の都合で宦官や妓女《ぎじょ》にされる子供は少ない。けれど裕福な土地だから、他所《よそ》の町から売られてきた妓女は大勢いる。一方的な搾取の構造はやるせないものだと分かっていながら、そのことを考えると翠珠は、罪悪感に近い居心地の悪さを覚えてしまうのだった。


翌日、宮廷医局長に呼び出された。

それ自体は、はじめてではない。一年前、御史台長官・沈《ちん》大夫に関係したことで呼ばれたことがある。あのときは当人に会うまで、呼ばれた理由が分からなかった。そして今回も同様にまったく理由が思い浮かばない。

「失礼します」

簾《すだれ》を押しのけて中に入ると、局長室には見知った顔が並んでいた。

一人は陳中士。そしてもう一人は夕宵だった。陳中士は繡墩《しゅうとん》に、夕宵は扶手椅《ふしゅい》（肘掛《ひじか》け椅子）に腰掛けている。扶手椅は繡墩よりも序列が高い椅子なので、ここは官位はもちろんだが、医局長からみて部下と訪問者という扱いなのだろう。

いったいどういう組み合わせかと首を傾げていると、陳中士から自分の隣の繡墩に腰かけるように言われた。医局長は執務机の前に座っており、彼と向き合う形で三人が並んだ。

「鄭御史、お話しください」

医局長に促され、夕宵はこくりとうなずく。日頃は親しみしかない夕宵だが、この面子と展開に良い予感がまったくしない。警戒する翠珠に、夕宵は少しうんざりした顔で言う。

「呉太監の死亡の件に、御史台が介入することになった」

「え？」

間の抜けた声をあげる翠珠に、補足するように陳中士が言う。

「内廷警吏の判断は酒による急性中毒というものだったのだけど、梅花殿が納得できないと異議を申し立ててきたらしいの」

「あの様子ではそうでしょうね」

驚きはしなかった。なにしろ、あの場にいた梅花殿の全員が疑念の声をあげていたのだから。その流れで瀧中士が攻撃を受けたが、とばっちりのようなものだ。まあ彼の口の利き方もだいぶ問題はあったのだが。

「彼等の訴えを聞いた胡貴妃様が、忠義者の呉太監の死に疑わしい点があるのなら調べるようにと、御史台に命ぜられたのだ」

「それで君達に、なにか気付いたことはなかったか尋ねにいらしたそうだ」

夕宵の説明を補足するように医局長が言った。翠珠と陳中士は、呉太監の遺体に接した最初の医者である。

「気づいたことですか?」

翠珠はそのときの光景を必死に思い浮かべる。

うつ伏せになった遺体は、顔だけを横に向けていた。その顔は吐瀉物《としゃぶつ》ですっかり汚れていた。卓上には青菜のかけらが残った皿と、空になった酒瓶が転がっていた。そのあたりは目視でわかった。しかし呼吸と脈を確認したのは陳中士だったから、翠珠は遺体にはさほど近づいていないのだ。ゆえにその状況で気づきの有無を問われても、なにも思い浮かばない。

そもそも職業的に遺体を頻繁に見ているわけではないから、死因には詳しくない。翠珠はあくまでも生者を対象とする医師であり、死者に触れるのはその結果としてのみである。

「私は酩酊《めいてい》によるものだと考えて、他のことまでは注意していませんでした」

陳中士が答えたので、翠珠は「私もです」と言った。

「しかし梅花殿の者達は、あの程度の酒で呉太監が酔うわけがないと譲らない」

困り果てたように夕宵は言った。

卓上の酒壺《つぼ》には、半分ほど酒が残っていたという。個人差と飲む速さによってもちがってくるが、一般的に中毒を起こすほどの量ではないという。まして酒豪で有名だった呉太監であれば、その死に疑問は残るだろう。

とはいえ毒物も外傷も見つからなかったというのなら、中毒以外に理由が思い浮かばない。あるいは卒中か心の臓が止まったのか。そもそも呉太監は、臓腑《ぞうふ》がかなり弱っていたと漉中士が言っていた。

「でしたら漉中士に尋ねたほうが、よくないですか？」

思いきって翠珠は言った。

「とうに尋ねている」

「あら」

間抜けな返答をする翠珠に、夕宵は渋い顔をする。

「呉太監は長年の飲酒と不摂生が祟《たた》り、臓腑がかなり弱っていた。しかし本人が忠告を煩わしがって、節制も服薬もしなかった。今回の頓死《とんし》を予測はしていなかったが、結果として驚きはしないと言っていた」

死亡現場で聞いたものと、まったく同じ証言である。

そのうえで医師の視点からみても、瀧中士の言い分に矛盾はないのだ。健康を過信して暴飲暴食に走る者の末路として特に珍しくもない。だというのに、こんなにこじれてしまっている理由は――。

「瀧中士も言い方がね……」

現場にいた陳中士が困惑した顔でぼやく。

まさしく、それだ。梅花殿の者達の苦情から察するに、彼等はもともと瀧中士の呉太監への対応に不満を持っていたようだ。

その状態で火に油をそそいだのが瀧中士の物言いだ。加えて次席太監や他の宦官《かんがん》の心中に根差す、瀧中士への健康な男の劣等感が事態をさらにこじらせている。

「ならば他の医官に説明をさせましょうか？」

医局長が提案した。瀧中士への反発でこじれているのなら、他の医官の口から誠実に説明するというのは良案と思えた。

「ありがとうございます。胡貴妃様に進言してみます」

そのうえで夕宵は、胡貴妃自身は呉太監の死を原因も含めて、悼みながらも受け入れていると説明した。彼女は忠義者の太監の身を案じて、不摂生をさいさんたしなめていたのだという。

「しかし梅花殿の使用人達が、なかなか納得できないでいる。呉太監は下の者に慕われていたらしいからな」

それは最初から感じていた。特に徒弟の柳里など、父親が亡くなったかのような嘆きようだった。それが日頃の関係の良好さを証明していた。

「御自身の徒弟に接する態度も、息子や弟に対するように朗らかでした」

「首領太監の中では珍しい人柄だな」

翠珠の感想にいち早く反応したのは、夕宵ではなく医局長だった。

宦官の世界は上下関係が厳しく、上級宦官は弟子から慕われるより恐れられている者のほうが圧倒的に多いと聞く。呉太監のように慕われている宦官は珍しい。医局長が意外だと受け止めるのには、そのような背景がある。

その上で医局長の声音に、わずかな棘《とげ》が含まれていることに翠珠は気づいていた。

官吏の大半は、本心では宦官を毛嫌いしている。一年前にここで話をした沈大夫もそうだった。彼も医局長も人当たりの良さと威厳を備えた公明正大な人格者なのに、根底にある宦官への嫌悪を隠し切れずに、言葉の端々ににじみ出てしまう。当人達はうまく取りつくろっているつもりだろうが、宦官側はそれを敏感に感じとる。

それゆえ彼等の軋轢《あつれき》は、どんどん大きくなってくる。梅花殿の次席太監がやたらと漉中士に嚙《か》みついたのには、そのような因縁が影響しているのだろう。

「ともかく」

少し強めに夕宵が言った。医局長の言葉の棘には触れない。現在の内廷警吏を信頼している夕宵からすれば、居たたまれない気持ちもあったのかもしれない。

「梅花殿の者達を納得させるために、我々が介入することになったのだ」

「御史台も、ずいぶんと気軽に扱われたものですね」

翠珠がぽろりと口にした言葉に、夕宵は顔をしかめる。指摘されるまでもなく、彼が一番そう思っているだろう。医局長と陳中士は同情交じりの目をむけ、やがて気を取り直したように陳中士が言った。

「では梅花殿には、私が説明にあがりましょうか？」

適任だと翠珠は思った。人当たりの良さに加え、瀧中士ともある程度親しいように見えたから、呉太監の状態にかんしてきちんと聞きだすこともできるだろう。なにより死亡診断をした当人である。

医局長はうなずいた。

「確かに、君が適任だな」

「では胡貴妃様におうかがいをたてて、あらためて依頼に参ります」

礼儀正しく述べ、夕宵はすっと席を立つ。

きびきびした彼の所作を、位のちがう三人の医官がそれぞれに見送った。

午後になって、翠珠は菊花殿にむかった。

定期の診察だが、栄賢妃に対応するのはいつも憂鬱《ゆううつ》である。紫霞にはなんのかんので引く部分を見せる栄賢妃だが、若年の翠珠には遠慮がない。

菊花殿が近づくにつれて沈んでゆく気持ちを奮い立たせるべく、翠珠は自分に発破をかける。

（菊花殿の人達は、あの方に毎日仕えているのよ。たまの診察くらいで音をあげるなんて情けない）

それで彼等は胡貴妃付きの者と同じ禄《ろく》なのだ。客観的に見て理不尽すぎる。胡貴妃が柳里達の気持ちを慮《おもんぱか》って御史台に再捜査を依頼したという話を聞いて、なおさらそう思った。夕宵からすればだいぶん迷惑な相談だったのだろうが。

「眩《まぶ》しい……」

天頂より少し西に傾いた太陽に、翠珠は目を眇《すが》めた。

立秋も間近だというのに、昼は真夏と変わらぬほどに暑い。軒端の日陰を選びながら、照り返しの強い宮道を進む。

以前に栄賢妃が賜っていた芙蓉殿は近かったが、いまの菊花殿は西六殿最北に位置する殿舎で杏花舎からは遠くなった。単純計算でも五つの殿舎の横を通りぬけねばならないから、なかなかの移動距離となって、特にこんな季節は苦行である。

菊花殿の門前に着いたときには、暑さと緊張ですでに疲労感が甚だしかった。しかしここでへたれていては栄賢妃の相手はできない。気合を入れなおすべく、ぐっと拳《こぶし》を作る。

「よしっ！」

「言いがかりも甚だしい！」

門をくぐるやいなや、奥から聞こえてきた金切り声に翠珠はびくりと身を揺らす。なにごとかとあたりを見回すと、むかって右手の回廊の中程で二人の若い宦官が言い争っていた。

一人は洛延。第五皇子の発病を報《しら》せに来た、菊花殿《ここ》の少年宦官だ。

そしてもう一人は、柳里だった。

（なんであの子が、ここに？）

なにか用件があるのだろうが、いがみあっているとは穏やかではない。洛延のほうが少し年長と思われたが、同世代の少年同士は負けん気が強くなる。翠珠は回廊の柱の陰に身を隠し、彼等の口論の内容に耳をすませた。

「言いがかりなどであるものかっ！　百花の円居の件で、お前達が呉太監を恨んでいることは周知だろう」

「だからといって、なぜ俺達があの人を害したことになるんだ」

「そうは言っていない。しかし呉太監が亡くなった夜、ここの太監が梅花殿の方向から戻ってくるところを見たと、夜衛が証言していたんだ」

「無礼なっ！　それは疑っていると言っているようなものだ」

「疑われるようなことをしているんだ。無実だと言うのなら、堂々とそいつをここに出せよ」

　声変わりを迎えることがない彼等の声は、子供のように幼い。現状では二人とも少女のような風貌《ふうぼう》なので違和感はないが、もう数年も経って顔が大人びてくればその歪《いびつ》さが顕著になる。宦官が市井の生活にうまくなじめない理由のひとつに、そういう外見上の問題があった。

　いまにもつかみかからんばかりの二人を、翠珠ははらはらしつつ見守る。止めるべきだろうが、あの年齢とはいえ男子二人の喧嘩《けんか》に割って入るのには勇気がいる。しかも洛延にかぎって言えば上背もそれなりにある。

　しかし、このまま放ってもおけまい。つかみあいにでもなったら、それこそ翠珠の力では止められない。少し躊躇《ちゅうちょ》したものの翠珠は彼等に歩み寄る。栄賢妃への取次を依頼する形で仲裁しようと考えたのだ。

「あの……」

「騒がしいわね、なにをやっているの？」

　前院《まえにわ》を突き抜けて来たのは蓉茗だった。声音には怒りと心配が混在している。

少年宦官達の背中越しに翠珠の姿を見つけた彼女は「ちょっと待って」と、いったん制する。栄賢妃の診察に来たことは承知しているのだろう。

あらためて蓉茗は二人の少年にむきあう。

「梅花殿の人ね。なにか用事？」

「桃女官、こいつが失礼なことを言うのです」

問いただされた柳里より先に、洛延が彼を指差しながら声をあげた。

「菊花殿の誰かが、呉太監を殺したと――」

「そんなふうには言っていないだろ」

「じゃあ、どういうつもりで訊《き》いたんだよ」

「だから何度も言っているじゃないか。あの夜、外出していた太監が誰なのかを教えろって」

「どういうこと？」

蓉茗が表情を険しくする。

「ですから呉太監が亡くなった夜、こちらの太監が――」

「その人は梅花殿ではなく、杏花舎に来たのだと思う」

言い争いにとつぜん割って入った翠珠に、三人は驚いた顔をする。宦官《かんがん》二人は翠珠の存在にさえ気づいていなかったかもしれない。

「あの日の申し送りはほとんど呉太監の件で占められていたけど、記録は残っているはずだから調べてみるといいわ。子《ね》の剋《こく》頃、こちらの太監が咳《せき》が止まらなくて眠れないと来室したので、陳中士が薬を出している」

　名前も役職も憶《おぼ》えていないが、杏花舎で診察を受けられるのだから、それなりの地位にある者のはずだ。

　翠珠の証言に、柳里はしばし呆気《あっけ》にとられたようになる。

「そんな……」

「ほら、見ろ」

　力なく項垂《うなだ》れた柳里に、憎々し気に洛延は言う。殺人を疑われたのだから、怒りはとうぜんだ。蓉茗も声を荒らげて非難することはしなかったが、冷ややかな目で柳里をにらみつけた。

「分かったのなら、さっさと帰ってちょうだい」

　柳里は唇をかみしめると、くるっと踵《きびす》を返した。無言で駆けだした少年の背に、洛延が声をあげる。

「おい、謝れ――」

「おやめなさい」

　追いかけようとした洛延を引き留めようと、蓉茗はとっさに袖《そで》をつかむ。そのまま引っ張られた形になって、均衡を崩した彼女の身体がぐらりと揺れる。

「わ、すみません」

あわてて洛延が足を止めた隙に、柳里は走り去っていった。

痛そうに顔をしかめた蓉茗に、翠珠は「どこかひねったの？」と尋ねた。その言葉に洛延がさらにあわてた。

「だ、大丈夫ですか？」

「大丈夫よ。昨日、ちょっと眠れなくてふらついたみたい」

「――そういえば暑かったからね」

翠珠が言うと、蓉茗は苦笑しつつ相槌《あいづち》をうつ。洛延は恐縮しきりだったが、状況からして彼に非はない。乱暴に振り払ったわけでもなく、不意な動きで蓉茗が踏ん張れなかっただけである。

「もう、大丈夫よ。それより栄賢妃様のところに行きましょう。あまりお待たせするとご機嫌が悪くなるわ」

「このことは、お伝えするの？」

「しないしない」

右手を振りながら、あっけらかんと蓉茗は言った。

「梅花殿には借りがあるからね。これで相殺にしてもらいましょう」

借りとは、第五皇子の件で胡貴妃が場を収めるために自ら禁足を申し出たことだ。

この真相があきらかになってから、胡貴妃の評価がさらに上がった。ちなみに栄賢妃の評判が下がったことは言うまでもないが、もともと良くもないのでさしたる痛手にもなっていないようだった。

洛延と離れて、翠珠は蓉茗と一緒に回廊を進んだ。

「梅花殿をかばうわけじゃないけど――」

翠珠は切りだした。

「いまのは殿舎の意向ではなく、柳里さんの単独行動だと思う」

「なぜ分かるの？」

翠珠は、今朝の医局室での経過をざっと話した。

あのあとすぐに梅花殿から、陳中士に呼び出しがあった。そこで彼女が呉太監の病状を丁寧に説明すると、おおむねの者は納得していたという。同行した夕宵も同じ意見だったから、陳中士の思い込みということもない。

「ただ柳里さんだけは、ちがったみたいね」

話を聞き終えた蓉茗は、憐《あわ》れむように肩を落とした。

「よほど呉太監の死が受け入れられないのね」

「ずいぶんと慕っていたようだからね」

「太監の師弟関係って、ほんとそれぞれよね。鬼畜みたいな奴もけっこういるのに」

さらりと告げられた、けっこういるという言葉にひるんだ。そもそも他人を鬼畜と称することがよほどのことなのに、あたかも珍しくないかのように言う。

内廷務めをして一年。宮中にもだいぶ慣れたと思っていたが、やはり住んでいないと暗部までは分からないのか。

「あ〜あ、そういう人のほうが先に亡くなっちゃうのかしらね」

あっけらかんと言ったあと、蓉茗はふと表情を引き締めた。

「まあ呉太監は、宦官の中では恵まれたうちよ。主《あるじ》は胡貴妃様だし」

なんとも言いようがなく、翠珠は微妙な顔をする。ここが杏花舎ならさらりと同意できるが、菊花殿では言葉を選ぶ。そう考えれば蓉茗のいまの発言は、なかなか思いきったものである。胡貴妃を褒めはしても栄賢妃を非難したわけではないから、言い訳はできるのだろうが。

しかし当てつけと、とられる可能性はある。それでなくともなにが怒りに触れるか分からない栄賢妃だから、剣呑《けんのん》な発言にはちがいなかった。

にもかかわらず、そんな言葉を口にした。猛獣使いと称されるほど慣れていても、蓉茗も鬱憤《うっぷん》は溜《た》まっているのだろう。昨日は寝不足だったと言っていたが、実はそのあたりも影響しているのかもしれない。

扉代わりの簾《すだれ》を押し上げて前庁に入ると、奥から甲高い罵声《ばせい》が響いてきた。続けざまに物がぶつかる音と女の悲鳴が聞こえてくる。ぎくりとして足を止める翠珠の横で、蓉茗はうんざりした顔で肩を落としただけだ。もはや経験の差としか言いようがない。

「あの声は虹鈴ね。ほんとうに要領が悪いんだから」

もうしわけございません、と繰り返す声は確かに覚えがある。であれば彼女が叱責《しっせき》される場面に、翠珠はもう三度も遭遇しているわけだ。栄賢妃の罵声とともに、打ち据える鋭い音と悲鳴が聞こえてくる。

たまらず顔を背ける翠珠の肩に、蓉茗がぽんっと手を置く。その顔からは、それまで浮かべていた若い娘らしい朗らかさが消え失《う》せていた。

「ちょっと今日は無理みたいだから、また出直してきて」

「でも……」

「来たってことは伝えておくから」

すべての感情を封じたような表情で言われ、翠珠はそれ以上なにも返すことはできなかった。静まることのない打擲《ちょうちゃく》の音に、もうしわけございませんという虹鈴の声は、いつしか途絶え、代わりにすすり泣きとうめき声だけが切れ切れに聞こえるようになっていた。耳を塞《ふさ》ぎたいと思ったが、そんなことをしても奥に焼きついて消えやしないから無駄である。

なるほど。だから蓉茗は感情を封じているのだ。

良心や憐憫《れんびん》、無力感に苛《さいな》まれて心が削られるのを防ぐために。それは主を選べなかった彼女の、自分の心を守る手段でもあるのだと思った。

「分かった」

低く応《こた》えると、蓉茗は翠珠の肩に置いていた手を離した。

菊花殿を出てから、宮道を南下する。

自分がなぜこの間合いで来てしまったのかもやもやする。訪問が半刻でもずれていれば、柳里にも虹鈴の件にも遭遇しなかったのに。不愉快な思いをしただけで、まったくの無駄足になったから腹立たしい。

（この時間だと、診察は明日《あした》になるかな）

さらに西に動いた太陽を見上げながら、あれやこれやと思いあぐねる。そもそも今日のうちに栄賢妃の機嫌が直っても、訪ねたときには別の件で臍《へそ》を曲げているかもしれない。臍を曲げるぐらいで済めばよいが、逆鱗《げきりん》に触れた直後の可能性もある。なにがきっかけで激するのかが分からないから用心のしようもない。

（わがままな人って、そんなものなのかなあ）

気を紛らわせるために、そんなふうに考えてみたが納得はできない。

他者を虐げることに抵抗を持たぬ者は、一定数存在する。これが主であれば、その下についた者は悲惨である。生殺与奪の権利を無慈悲な相手に握られてしまった者はまことに不幸である。

もはやわがままなどの安易な言葉で済ませられない。栄賢妃の行動は残虐である。

しかし彼女を、嗜虐《しぎゃく》的とするのはちがう気がした。栄賢妃は残虐にふるまうことを楽しんではいない。ただ自身の不愉快やら激情を抑えられず、あの行動に至っているように翠珠には思えた。

（とりあえず、明日行くか）

気を取り直したところで、横の宮道から見知った顔が出てきた。庄警吏だった。彼も翠珠に気づいて、表情を和らげる。たがいに歩を進めて距離が縮まったところで翠珠は尋ねる。

「梅花殿に行かれたのですか？」

庄警吏が歩いてきた宮道は、梅花殿に通じる脇路《わきみち》である。

「はい。ちょっと調べねばならぬことがありましたので」

「調べる？」

陳中士の説明で、呉太監の死への疑念は払拭《ふっしょく》されたと聞いている。もっとも柳里は納得しきれていないようだが。

「柳里さん？」

「ご存じでしたか。あそこまで執着するからには、思慕だけではない何かがあるのではと鄭御史がおっしゃったものですから」

「理屈や説明では分かっていても、感情で納得できていないという感じですよね」

「そのような勘は、案外侮れないのですよ」

庄警吏は口端をあげて、にやりと笑った。品行方正な人という印象があっただけに、ちょっと意外な表情だった。警吏官という職業を考えれば、それだけの人間であるはずもないのだが。

「だからといって、そんな根拠で捜査の時間を割くことも合理的ではない。前回の捜査で気になっていた箇所を、もう一度洗ってみるかというぐらいのものですがね。そんなこともあろうかと思って、呉太監の部屋はまだそのままにしているのです」

そんな懸念があったのなら、そのときに調べるべきでは？　とは思ったが、必要な真実が明らかになったのなら、それ以上のことをほじくり返すと藪蛇《やぶへび》になりかねない。そう思いなおして翠珠は納得した。仮に納得できなかったとしても、自分はそんなことを諌《いさ》める立場にはないのである。


翌日。翠珠はふたたび菊花殿に足を運んだ。

前庁に入ると、すでに蓉茗が待っていた。まるで師をむかえるような対応は、二度手間をかけさせたことへの申しわけなさの表れと思われた。

翠珠は声をひそめた。

「ご機嫌はどう？」

「よくはないけど、大人しいわ」

微妙なところである。栄賢妃の感情のふり幅の大きさを考えれば、もしかしたら最初から怒っているときのほうが対応しやすいのかもしれない。

「そんな顔をしなくても、大丈夫よ」

蓉茗は言うが、翠珠はいま自分がどんな顔をしているのか自覚がなかった。

思わず頬に手をあてると、蓉茗はぷっと噴き出した。

「昨日はあれだったけど、実は近頃はわりと静かにお過ごしなのよ」

だとしても昨日の暴虐の片りんを耳にした者として、とうてい安心などできない。

釈然としないままの翠珠に、蓉茗は「公にはなっていないけど」とささやく。

「昨晩、胡貴妃様の件で帝《みかど》から窘《たしな》められたのよ」

驚きはしたが、まったく順当である。むしろ、いままでなにも言われずにいたことのほうが不思議だった。

「でも……」

翠珠は確認するように尋ねた。

「帝が妃嬪《ひひん》の方に、そういうことを直《じか》に仰せになるのって珍しくない？」

「そうね。帝は後宮にかんしては、呂皇貴妃様に一任されているから」

つまり、よほど目に余ったということなのか。呂皇貴妃や胡貴妃がそれなりに手綱を取っていたが、完全に従わせることはできずにいた。

「呂皇貴妃様が、帝に訴えられたらしいわ」

それも意外だった。責任感の強い呂皇貴妃が、自分が一任された後宮の煩い事で帝の手を借りようとするだなんて。むしろ栄賢妃を操れないことを恥じて、黙してしまいそうな人なのに。

「つまり帝が、それだけ呂皇貴妃様を尊重しているということよ」

ひときわ低い声音で蓉茗は言った。内容よりもそこに驚いていると、蓉茗は自嘲《じちょう》的な笑みを浮かべた。

「呂皇貴妃様もきっとそれを承知の上で、ここにきて訴えられたのね」

その呂皇貴妃の訴えに、帝は誠実に対処した。

つまり自分を怒らせれば帝が動くのだと、呂皇貴妃は妃嬪達に知らしめたのだ。

以前にちらりと耳にしたことがある。

一時期だが皇帝は、呂皇貴妃の立后を考えていたらしい。しかし皇太子の立場を考えて保留した。

皇太子の母は『安南の獄』で自害した妃で、皇后位を追贈されている。つまり皇太子は皇帝唯一の正嫡の男子であり、後継としてまったく申し分ない立場にあった。

この状況で皇子を持つ呂皇貴妃を立后すれば、新たな正嫡の男子を誕生させることとなり、さまざまな混乱を招くことは必至である。

それゆえ立后を断念した。

呂皇貴妃としては納得できない部分はあっただろう。あるいは自分の息子を皇太子にという野心が、ないわけではなかったかもしれない。その無念を胸に納め、女主《あるじ》として後宮を差配する彼女の功を皇帝は十分に評価していた。

そのため皇太子に対し、即位後には呂皇貴妃を皇太后として立てるように内々に命じているのだという。それが皇后としての徳を有しながら、現状に甘んじてくれた側室に対する皇帝の誠意なのである。

帝が寵愛《ちょうあい》する妃嬪を気楽に甘やかすことができるのは、女主が彼女達を取り仕切っているという前提があるからなのだ。

「賢妃様も、さすがに白旗の上げ時かもしれないわ」

やけに冷ややかに蓉茗は言った。

彼女は栄賢妃が連れてきた侍女ではなく、あくまでも宮中の女官である。場合によっては配属変えの可能性もあるし、時期が来れば退職の自由もある。いくら気に入られているからとはいえ、先行きの分からぬ主にあまり深入りしないほうがよいのだ。

翠珠は、同じ年の娘子《じょうし》をじっと見つめる。

人々の動向を細心の注意を払って見定め、自分が乗る船を間違いなく選ぶ。長年の宮中暮らしで培われた蓉茗の生き方の片りんを垣間見《かいまみ》た気がした。

「大丈夫？」

おもむろに翠珠が口にした言葉に、蓉茗は怪訝《けげん》な顔をする。

「なんのこと？」

「あ、いや……昨日、どこか痛めたんじゃない？」

指摘に蓉茗はさらに怪訝な顔をする。少しして洛延を引きとめたときのことを言っているのだと気付いたらしい。

彼女はどういうこともないように笑いかけた。

「なんのことかと思った。もう、なんともないわ」

「それならよかった。でも、もしも痛みが出るようなことがあれば、相談してね」

「ありがとう」

機嫌よく答えたあと、蓉茗は表情を曇らせた。

「私よりも虹鈴のほうが、ね」

「あとで診にいくわ」

「宮人に医官局の薬を使ったら、怒られるわよ」

「大丈夫。杏花舎で栽培したものを持ってきたから。これだったら誰に使っても怒られないわ」

そのあたりに自生する雑草の中にも、薬効のあるものは多数存在する。

杏花舎の内院《なかにわ》には、そんな植物がけっこう生えている。栽培というほど手のかかるものではない。小連翹《しょうれんぎょう》もそうだし、蕺《どくだみ》などその代表だった。

その中から、いくつか選んで持ってきたのだ。怪我の状況は、鞭打《むちう》ちか杖刑《じょうけい》と考えればおよそ察しがつく。本当は昨日のうちに来られればよかったのだが、他の仕事があったので難しかった。

医官は官人だから、決められた相手にしか診療ができない。宮人や下級宦官《かんがん》はその対象ではない。善意や同情で公的な薬を費やすわけにはいかない。

そんな事情から、一年前に虹鈴の杖刑の現場を目の当たりにしたときは無力感に苛《さいな》まれた。しかし在籍が一年を超えると、そのあたりの制約をかわす術《すべ》がわかってきた。宮外に広大な薬草畑を所有しているにもかかわらず、杏花舎内に薬草が生えているのには理由がある。

一年前の翠珠と同じ思いを、きっと多くの医官が経験したのだろう。その結果が、内院にある薬草畑なのだと気づいたのは少し前のことだった。

誰に使っても怒られないという言葉を聞いて、蓉茗は安堵《あんど》の色を浮かべた。

「そうだったのね。それなら安心だし、虹鈴も喜ぶわ」

蓉茗もまた、心を痛めていたようだ。

のちほど虹鈴の所に案内をしてもらう約束をしてから、栄賢妃のもとにむかう。内暖簾《のれん》の前で待機し、蓉茗だけ中に入る。

「賢妃様、李少士が来ました」

すぐに入室するように、声がかかった。

跪《ひざまず》いて礼をしてから正面を見ると、栄賢妃が気だるげに長椅子にもたれていた。

「お加減はいかがですか？」

「良いわけがないでしょ」

ぶっきらぼうに栄賢妃は言うが、その口調に覇気はない。いつもなら機嫌が悪いときは噛《か》みつくような物言いをするのに、さすがに帝から叱責《しっせき》を受けたことは応《こた》えているのだろうか。

白い指を添えた玉顔は物憂げで、日頃の横暴ぶりを知らなければ、ついほだされてしまいそうな憐《あわ》れみさえある。

「では、お脈を」

栄賢妃が乱暴に突き出した腕を取って脈を診る。やや虚脈（触れた血管の反発力が弱い脈のこと）傾向の印象はあるが、異常というほどではない。数日前に紫霞が記した診断と変わらない症状である。

「お脈に変わりはないようですが、お気持ちが塞《ふさ》ぐようでしたら、晏中士と相談してなにか薬をお出ししましょうか？」

「いらないわ。そんなものを飲んだって、主上の言葉がなくなるわけでもなし」

そう言われると、どうにもならない。

気鬱《きうつ》にあきらかな原因がある場合、その問題が解消されなければ改善は難しい。

しかし解決のしようがない問題——たとえば身内の死や、すでに処分が済んだことであれば、患者が自分の中で鬱屈《うっくつ》を消化するしかない。

前提として、心身ともに健やかであれば多少の挫《ざ》折《せつ》は人は乗り越えられる。

しかし不調の状態では、それがなかなかうまくできない。投薬などで気鬱を改善する目的は、そこにもあるのだ。

（いまそんな説得をしても、聞く耳を持ってくれないだろうな）

内心で嘆息しつつも神妙な口ぶりで「よけいなことを申しました」と引き下がる。変な情熱で説得を試みて、栄賢妃の逆鱗《げきりん》に触れるのも馬鹿馬鹿しい。戻ったら紫霞に相談して、必要であれば彼女から進言してもらおう。

本音を言えば、いまは虹鈴の状態のほうが気になる。それゆえ早々に暇《いとま》をしたいと思っている。虹鈴を診ることは、官吏という立場の翠珠の仕事ではない。だから本末転倒と指摘されれば、まさにその通りだと承知している。それでも責務だけに振り切れないのが人の心というものである。

立秋のその朝は肌寒さで目が覚めた。暦とは実にうまくできているものだと感心しつつ、どうせ日中は暑くなるからと夏の装いのまま出勤した。これはまったく正解で、昼前には昨日と同じで強い日差しが屋根や院子《にわ》に照りつける日和となった。

診療録を確認したあと、翠珠は調剤室にむかった。

百合《びゃくごう》は鬼百合《おにゆり》の鱗茎《りんけい》を日干ししたもので、内服、外用によって様々な用途がある。粉にしたものを練って湿布としても使える。虹鈴に分けてやると、だいぶん感触が良かったという返事がきた。

それならもう少し渡せるからと言うと、報告に来た洛延は『虹鈴は要領が悪いんですよ』と悲し気に言った。彼女を蔑《さげす》むのではなく、心から同情している物言いだった。まった菊花殿の者からすれば、明日は我が身という思いもあるだろう。

三日分の百合を量って調剤室を出る。今日は菊花殿に行く予定はないので、紫霞に渡してもらうように話している。紫霞には昨日の栄賢妃の様子を、帝《みかど》から叱責されたということも含めて伝えてある。

『では明日うかがって、お話を聞いてみましょう』

などと余裕な態度で紫霞が応《こた》えたので、この人もまた猛獣使いだと翠珠は思った。

調剤室から回廊に出ると、むこうから瀧中士が歩いてきた。もとより頻繁に顔をあわせる相手ではなかったが、それでもしばらく見かけなかった気がする。

師兄《しけい》に道を譲ろうと端によった翠珠に、瀧中士は足早に近づいてきた。

(私に用事？)

ろくに話したこともない相手なので、間近まで来ても信じられない。百合を包んだ袋を手に立っていると「梅花殿に行く予定はないか？」と藪《やぶ》から棒に訊《き》かれた。

「梅花殿ですか？」

なんやかんやと訪ねることが多かったが、胡貴妃も含めて担当の患者はいない。

「予定はないですけど、菊花殿に行くときに寄れますよ」

百合を渡すことは紫霞に頼もうと思っていたが、虹鈴の様子を直接診たい気持ちもあるので、足を運ぶことはやぶさかではない。

「そうか。実はちょっと頼みたいことがあるんだ」

「私にできることなら。一応言っておきますと、梅花殿の使いが午後に来るとは思いますが」

「あいつらが俺の依頼を、素直に聞くと思うか？」

「……ですね」

陳中士の説明で呉太監の死因は納得しても、滝中士への反発は消えていないだろう。柳里にいたっては、死因にも納得していないようだったが。

「それで、頼みとはなんでしょうか？」

「趙浪の部屋に花梨《かりん》の官皮箱《かんぴしょう》があるはずなんだが、それを持ち出せないだろうか？　もちろん無断ではなく断ってからだ」

趙浪とは誰のことかと思ったが、すぐに呉太監の名だと思いだす。

だとしても、とっぴな要求である。官皮箱とは、官吏が外出するさいに、細々した荷物を入れる箱のことだ。

「官皮箱？」

「実は一昨日《おととい》、趙浪の妹に会ってきた」

「え？」

「丁邑《ていゆう》に一人で住んでいる。亡くなったことを報《しら》せに行ってきた」

そこは景京にほど近い邑で、風光明媚《ふうこうめいび》で気候も良いので、気軽に行ける避暑地として人気の場所である。

「呉太監は、家族と親交があったのですね」

親族からは縁を切られている者が多い宦官には、珍しい話だと思った。しかし呉太監のように、ある程度の地位にある者の訃報《ふほう》を、宮廷ではなく瀧中士という個人が家族に伝えるのは奇妙な話である。

「その妹だけだ。両親と長兄とは連絡も取っていなかった。いま生きているのかどうかも知らないと言っていた」

過激な実情に返答の言葉をなくす。

だから宮廷は、呉太監の訃報を彼の家族に届けることができなかったのだ。呉太監が他のほとんどの宦官と同じように、家族はないものとして周りに伝えていたから。

しかし同郷で、主治医でもあった瀧中士は妹の存在を知っていた。

唯一連絡を取っていた妹は、丁邑に嫁いだのだろうか？　だとしたら妹こそ嫁ぎ先を慮《おもんぱか》って、宦官の兄とは縁を切っていそうな気もするのだが。

「あいつの妹は元妓女《ぎじょ》だ。兄貴同様に親に売られたんだよ」

「…………」

「もう十何年も苦界に身を沈めていたが、何年か前にようやく趙浪が身請けをして、いまは丁邑で静かに暮らしている。実家も含めて周りにその件は伏せていたから、梅花殿の連中も彼女の存在を知らず、訃報を知らせることができなかった」

それ以上の細かい経緯を、瀧中士は話さなかった。

けれどともに売られた兄妹《きょうだい》が、自分達を苦境に追いやった両親や兄と疎遠になった心境を察することはできた。家族によって肉体的にも精神的にも途方もない傷を負わされた二人が、被害者同士唯一の家族として支えあっていた状況も想像できるのだ。

「妹さん、お兄さんの死を悲しんでおられたでしょう」

「まあな……」

やるせないように漉中士は言った。

ここにきていまさらという気もするが、確認のために翠珠は問うた。

「そのお二人とも、漉中士は親しくなさっていたのですか？」

「幼馴染《おさななじみ》だ」

ある程度、予想通りの答えだった。

そのあとのざっとした説明では、漉中士も呉太監も裕福ではないが、食べるのに困るほどの家でもなかったのだという。それだけでも北洲《ほくしゅう》では恵まれたうちだった。だから漉中士は太医学校を目指すことができたし、呉太監も学校に通ってある程度の教養を身につけることができた。

雲行きが怪しくなったのは、彼らが十にもならない頃だった。

呉太監の父が博奕《ばくち》に溺《おぼ》れるようになり、急速に家計が傾いていった。食うものにも困るようになった両親は、後継ぎの長男を残して次男と一人娘を売り飛ばした。それが呉太監と妹である。太医学校を卒業して宮廷医局勤務になった漉中士は、外廷で呉太監と再会した。当初こそたがいの境遇への複雑な思いはあったが、それを乗り越えて知己としてつきあえるようになった。

呉太監の骸《むくろ》は、すでに弔われている。埋葬先は例の道観に併設された宦官《かんがん》専用の墓所だが、長年の苦界暮らしで身体を悪くしている妹は気軽に参ることができない。

「せめて手元に遺品が欲しいと言って、それを望んだ。趙浪は妹と会うときは、いつもその箱を持ってきていたそうだ」

「梅花殿の方々に、妹さんのことをお話ししても大丈夫でしょうか？」

「それはしかたがない。言わなきゃ彼等も納得しないだろう」

「ならば、尋ねてみます」

翠珠が了承すると、瀧中士は安堵《あんど》からか表情を和らげた。

これまでずっと近寄りがたい印象だった彼の、情に厚い一面を目の当たりにして驚きながらも好感を抱く。それと同時に、呉太監の治療に対しての瀧中士の姿勢への違和感がますます強くなる。

確かに成人が自らの意思で治療を拒否したのなら、医師はどうにもできない。しかしその現実に対して瀧中士から歯痒《はがゆ》さや憤りがうかがえなかったことが、梅花殿の者に厄介な疑念をかきたててしまった。

もちろん瀧中士の立場もわかる。理由はそれぞれでも、患者が治療を拒否する話はときおり聞く。あきらかに治療を受けたほうが良い場合、患者が子供なら親に、親なら子供に、夫なら妻にと、医師は家族への相談を試みる。

しかし呉太監にはその家族が、表向きはいなかった。梅花殿の次席太監や弟子の柳里のように親しくしている者はいても彼等は家族ではない。そもそも漉中士は、彼等に対しては呉太監を通じなければどうにもできなかった。男子医官は女子医官ほど内廷の内情に詳しくないし、宦官との関係が良好ではない。

しかしここにきて、親交があった家族の存在が浮上した。

（妹さんは、漉中士の治療方針をどう思っていたのだろう？）

気にはなったが、いまの翠珠の立場でそれを訊くのは僭越《せんえつ》である。

他にやり方があったのでは？　もっとできることがあったのでは？　漉中士の姿勢に不満や疑念があっても、呉太監がそれで納得していたのなら口を挟む立場にはない。

「面倒なことを頼んですまん」

そう言って漉中士が頭を下げた直後だった。彼の背中越しに、回廊を駆けてくる柳里の姿が見えた。翠珠は思わず息を吞《の》んだ。みるみる距離を詰めてきた彼の形相が、あまりにも殺気立ったものだったからだ。

顔をあげた漉中士は、翠珠の反応に不審な表情で視線を追いかけて後ろをむく。柳里は漉中士のすぐ手前で立ち止まった。自分より上背のある相手を見上げる少年は、焦りと怒りが入り混じった、一目しただけで混乱が見て取れる表情をしていた。

「俺は信じませんよ。酩酊《めいてい》で亡くなっただなんて」

挨拶《あいさつ》も前置きもない非礼な態度には、翠珠も漉中士も怒りよりも驚きしかない。彼一人が陳中士の説明に納得していないとは聞いていたが、だからなんだという気持ちしかない。

漉中士はひどくしらけた顔で言った。

「お前が信じようと信じまいと、どうでもいい。あいつの死因はまちがいなく酒だ」

だから、なぜそういう言い方を？　とは思ったが、今の件にかんして言えば、非礼という点で柳里が上回る。

「そんなわけはありません。師父があの程度の酒で悪酔いなどするはずがない」

「体調が悪ければ、いつもは平気な量で気分を悪くすることはある」

「だからって気分が悪くなれば、普通は死ぬ前に飲むのをやめるでしょう」

「知らんよ。俺はつぶれるまで酒を飲んだことがないからな。しかし世の中には酒の急性中毒で死ぬやつはごまんといる。これはまずいと思って飲むのをやめたときには、すでに手遅れなんだろう」

まったくその通りである。

翠珠も酩酊するまで酒を飲んだことはない。しかし近しい状態になった者は幾人も目にしてきた。その状況になった者は概して話が通じないし、判断力や行動も信じられないほど幼稚かつ剣呑《けんのん》なものになる。翠珠の故郷は用水路が多かったので、酒が原因で溺れ死んだ者が多数いた。対策のために欄干を設置してみたりもしたが、乗り越えてしまわれては意味がない。

酩酊すると、正常なときには考えられない愚かな行動から事故を起こす。

しかも本当に酩酊して動けなくなれば、どれほど具合が悪くても助けを呼ぶことはできなくなる。仮に火事のさなかにいても逃げることができなくなるほどだ。

騒動を聞きつけたのか、わらわらと人が集まってきた。医官達はもちろん、下働きの者に偶然居合わせた他所《よそ》の奴婢《ぬひ》もいる。ある者は回廊に立ち、またある者は植え込みの陰でようすをうかがっている。

漉中士の主張に、柳里はぶるぶると身を震わせる。

「ちがう！」

言葉で殴りかかるような勢いで柳里は叫んだ。色白の顔を歪《ゆが》め、目をぎらつかせているさまは別人のようである。

「ありえない！　ありえない！　あれほど酒に強い方が、あの程度の量で亡くなるなんて絶対にありえない」

常軌を逸した執着をみせる柳里に、翠珠は完全にひるむ。

いくらなんでも、これはしつこすぎるだろう。弟子として師匠の死を受け入れられない心情はけなげではあるのだが。

――ちがう。

猛烈な違和感の中、翠珠は思いついた。

柳里は死を受け入れられないのではなく、死因が受け入れられないのだ。

だとしたら、これまで思っていたのとは少々話がちがってくる。

「……柳里さん？」

「王《おう》柳里」

不穏な空気を引き締めるような凜《りん》とした声音に、翠珠も目の前の柳里もびくりと身を揺らす。

院子《にわ》を横切って近づいてきたのは、夕宵だった。傍らには庄警吏が控えている。杏花舎に来るときは、内廷警吏官を伴うことはなかったのに。

「梅花殿を訪ねたら、こちらにむかったと宮人から聞いて戻ってきた。すれちがいだったな」

平然と夕宵は言うが、この暑いのにご苦労なことである。

回廊や扉の前の医官達は、怪訝《けげん》な顔で注視している。同僚と少年宦官のいざこざかと思いきや、御史台官が出てくる展開になったのだからとうぜんか。

目前まできた夕宵に、柳里はあからさまにうろたえる。

「な、なにか？」

「単刀直入に訊《き》く。当日の晩、呉太監に茸《きのこ》料理を提供したな」

夕宵の詰問に医官達がざわつきだし、そのうち誰かが「あ」と短い声をあげる。

「布袋占地《ほていしめじ》？」

「一夜茸《ひとよたけ》？」

回廊の別々の方角から聞こえた名称は、翠珠も認識のあるものだった。

両種とも食用として流通している茸だが、飲酒時に摂取をするとひどい悪酔いを引き起こす、要注意の食品だった。

この特性について、世間にどの程度周知されているのかは知らない。なにしろ酒を飲まぬ者には、なんの問題もない茸である。自分が食していて、たまたま傍にいた飲酒者に悪意なくおすそ分けするなどの事態は十分に考えうる。

となれば酒飲みがどの程度の危機意識を持って、自ら摂取を避けるかという話にもなってくる。もちろん酒を出す飲食店で提供することはないだろうが、多少は自己責任のような部分も出てくる。

実はこの特性を利用して、禁酒を強制する薬として使えないかという案も上がっているのだが、症状が強すぎるうえに道徳的にどうかという問題もあって、実用化はしていない。

柳里は顔面を蒼白《そうはく》にし、がたがたと震えだした。これはもう自供しているようなものだった。柳里が酒の肴《さかな》として、呉太監に料理を提供していたことは聞いていた。つまり柳里が提供した茸により、酒と一緒に摂取した呉太監が悪酔いをした。そして最悪の結果となった。

ぽつりと翠珠はつぶやいた。

「――だから悪酔いが死因だと思いたくなかったのね」

「なるほどな」

瀧中士は他人事《ひとごと》のように応じた。疑いをかけられたという点で、被害者の立場にあるにもかかわらず、その場にがっくりと崩れ落ちた柳里に淡々と問う。

「どうしたんだ、お前？　なんでそんなことをした？　趙浪に叱られたのか？　それで嫌がらせでもしようと思ったのか？」

結果として死亡事故という最悪な形になってしまったが、この茸を盛ったことを理由に殺意の存在を仮定するのは無理がある。酒による急性中毒は死にもつながる危険な症状だが、殺人の手段としては確実性が低すぎる。

殺そうとまでは思っていなかった。しかし色々な不幸が重なって、呉太監は亡くなってしまった。とうぜん柳里は動揺する。自分のせいなのか？　自分が呉太監を殺してしまったのか？　いや、この程度のことで酒に強い呉太監が亡くなるはずがない。なにか理由があるはずだ。

罪の意識と責任から逃れるため、柳里は必死で他の死因を探そうとした。だから瀧中士にしつこくからみつづけた。その異常なふるまいが人々に疑念を抱かせ、内廷警吏の再捜査という事態を招いたのだから、まさしく墓穴である。

「……そんなつもりじゃ」

うなだれたまま柳里は声をしぼりだす。

「呉太監を害するつもりなどありませんでした。ただ、身体のためにお酒を止めて欲しくて……」

翠珠は眉《まゆ》を寄せた。

つまり柳里の愚行は、悪意ではなく善意だったのだ。

過剰な飲酒で、呉太監が健康を損ねていることは一目瞭然《いちもくりょうぜん》だった。酒を飲むことが心地よく、二日酔いの不快な症状も出ないから懲りずに量が増える。無自覚のうちにますます身体が蝕《むしば》まれてゆく。

そこで悪酔いを経験させるために、肴として茸を提供した。この茸を食せば少量の酒でも悪酔いする。そのときは辛《つら》いだろうが、それを自分の体力の低下と認識して節制の方向に動いてくれれば、という程度の考えだったのだろう。実際に当日の呉太監の酒量は少なかった。

しかし酒の中毒が死亡事故につながる例は珍しくない。まして呉太監はかなり臓腑《ぞうふ》が弱っていたというから、こんな最悪の結果になってしまった。

あまりにも浅はかで、そして哀れな結果である。

地面に顔を伏せ、ごめんなさい、ごめんなさいと繰り返す柳里を、翠珠はやるせない思いで見下ろしていた。やがて夕宵の目配せで、庄警吏が柳里の腕をつかんだ。

「立ちなさい。詳しい話は内廷警吏で聞く」

軽く腕を引かれて、柳里はのろのろと立ち上がった。庄警吏はそのまま彼を連れて行った。

夕宵はその場にとどまり、つまらなそうな顔の漉中士に訊いた。

「貴官は、王小太監が怪しいと気づいていたのですか？」

「態度が不自然だとは感じていました」

漉中士は答えた。

「けれど彼が危害を加えたとは思っていませんでした。趙浪は人の恨みを買う人間ではありませんからね」

「確かに動機は、恨みではありませんでした」

やりきれないように夕宵は言う。

「呉太監に良かれと考えてしたことでしょう。しかし結果が重大なので、過失としては重いものになります。貴官に罪を着せようとしたことも印象がよくない」

「私に冤罪《えんざい》をかぶせようという意図ではなく、そうであれば良いと願っての行動ですから」

そっけなく返した漉中士に、夕宵は虚をつかれたような顔をする。かまわず漉中士は言った。

「仕事に戻ってもかまいませんか？」

「もちろん。時間を取らせました」

夕宵の承諾を受け、漉中士は踵《きびす》を返した。立ち去り際、翠珠に「頼んだ」と短く告げていった。集まっていた見学人達も一人、また一人と離れてゆく。なにしろまだ午前中だ。今日の仕事ははじまったばかりである。

「心が広い人だな。王小太監をかばっていたぞ」

夕宵が言った言葉に、翠珠は同意した。あまりにも淡々としていたので聞き流しかねなかったが、瀧中士は柳里の冤罪工作への意図を明確に否定した。自分がその罪をかぶせられそうになったというのに。

「相手はまだ子供ですし、呉太監は柳里さんをだいぶ可愛がっていたようですから」

「王小太監も、呉太監によかれと思ってやったことだからな」

敬愛する師匠を、己の過失で死に追いやってしまったのだ。これから課される相応の罰以上に、柳里は罪悪感に苛《さいな》まれるだろう。自業自得と言えばそれまでだが、若年の少年の仕業と考えれば、動機も鑑《かんが》みて同情を禁じ得ない。梅花殿の者達も似たような感情を寄せるだろう。しかし結果が深刻過ぎるので、それなりに厳しい処分になることは避けられない。

「ところで」

がらりと口調を変えて、夕宵が切り出した。

「瀧中士に、なにを頼まれたんだ?」

「ああ、実はですね」

呉太監の妹にかんしては口止めをされていなかったので、翠珠はざっと経緯を説明した。身請けとか元妓女《ぎじょ》という部分は省き、ただ唯一交流のある妹が丁邑に住んでいて、彼女が形見分けを望んでいるという内容に留《とど》めた。

「そんなことがあったのか」

「けど、これから梅花殿に行くことは気乗りしません」

時間的にもう少しあとだろうが、すぐにでも柳里の罪は報告されるだろう。

胡貴妃は心を痛めるだろうか？　それとも怒るだろうか？　胡貴妃という善良な主《あるじ》のもと、友好な関係にあった梅花殿の者達の心情を思うと気が重い。

しかも漉中士の話を聞くかぎり、彼等は呉太監の妹の存在を知らないようだ。同じ屋根の下で暮らしていた自分達が知らぬことを、ほぼかかわりのなかった翠珠から聞かされるのは複雑な心境になるだろう。

「情報が色々と衝撃的過ぎて、梅花殿の方々も混乱なさると思うのです」

「確かに王小太監の件を聞いた直後となると、遺品とはいえ求めにくいな」

「かといって妹さんの気持ちを思うと、あまり長く待たせるのも気の毒ですし」

身体を悪くして墓に参ることもかなわない彼女は、きっと兄の遺品を心待ちにしているだろう。となると気は進まずとも、やはり急がねばなるまい。

「ちょっと待ってくれ」

ふと思いついたとばかりに、夕宵が声をあげた。

「花梨《かりん》の官皮箱《かんぴしょう》だったら、確か内廷警吏で預かっていたぞ」

「ほんとうですか？」

「捜査の資料として押収していたはずだ。王小太監を捕えたら梅花殿に返却するつもりでいたが、遺族として妹がいるのなら彼女に渡してもよかろう」

言葉だけ聞けばずいぶんと雑なようだが、瀧中士というれっきとした官吏を通しているのだから責任の所在ははっきりさせられる。

家族と縁を切っていたという呉太監の遺品は例の道観に納められる予定なので、どのみち梅花殿の同僚達には関係ない。次席太監か筆頭女官に折りをみて説明をすれば、官皮箱を渡しても許されるだろう。

「よかった。瀧中士も妹さんも喜びます」

「では、いまから内廷警吏に取りに来られるか？」

「もちろん」

庄警吏が柳里を先に連れて行ったから、夕宵もあとを追うのだろう。そこに同行させてもらえれば説明が省ける。となると菊花殿に行くのは遅くなりそうだから、やはり百《びゃく》合《ごう》は紫霞に頼もう。苦痛に耐える虹鈴にできるなら早く渡してあげたい。

「すぐ戻りますので、ちょっとだけ待ってもらえますか」

断りを入れてから翠珠はいったん詰所に入り、診療録を眺めていた紫霞に百合を託した。彼女はこのあと栄賢妃の診察に行くことになっている。皇帝から苦言を呈され、ふさぎ込んでいるというが、実情ははたしていかがなものであろうか。

回廊に引き返すと、柱の前で夕宵が植え込みの紫苑《しおん》を眺めていた。薄紫の可憐《かれん》な花が幾重にも重なり合うように咲いている。涼し気な色合いが秋の訪れを感じさせる花である。これも根の部分を、咳止め《せきど》、去痰薬《きょたん》として用いる薬草だった。

「すみません、お待たせしました」

「いや、さほど待ちはしていない」

苦笑しつつ応《こた》えたあと、夕宵はふと表情をひきしめた。さほど深刻な面持ちではなかったが、なにか気になっているような反応だ。

「鄭御史？」

「一応言っておいたほうがいいか」

きょとんとする翠珠を前に、おもむろに夕宵は切り出した。

「今回の件には関係がないのかもしれないが……」

日暮れ時の製薬室は、たいてい人気がない。

薬局では薬の在庫を切らさぬよう、常に管理している。つまり製薬作業は余裕をもって行われているので、よほど急を要さない限り就業間近には行わないのだ。

翠珠は古い長方卓に肘《ひじ》をつき、開け放った格子窓のむこうを眺めていた。蜩《ひぐらし》の鳴き声が響く院子《にわ》を照らす西日は、真夏のそれとはちがい静かにきらめいている。吹きこんでくる風に少しばかりの肌寒さを感じたとき、入口の簾《すだれ》がゆらりと動き、瀧中士が入ってきた。

「待たせたな」

「いいえ。私も先ほど来たばかりです」

瀧中士は卓上に目をむける。端に置いた花梨の官皮箱の大きさは一抱えほど。真鍮《しんちゅう》の留め具がついた古い物だ。

「ずいぶん早かったな。もう話をつけてくれたのか？」

「梅花殿から、内廷警吏に押収されていました」

瀧中士は怪訝《けげん》な顔をする。

「だったら、よくこんなに早く回収できたな」

「念のために押収しただけで、柳里さんの過失に直接の関係はありませんでしたから」

意味深な物言いに、瀧中士はじろりと翠珠を見下ろす。けれどすぐに視線を戻し、あっさりとした口ぶりで言った。

「ああ、確かにこの箱だ。手間を取らせてすまなかった」

「中を確認しなくて良いのですか？」

翠珠の指摘に、瀧中士は官皮箱に伸ばしかけていた手を止めた。一拍置き、平然と述べた。

「なんだ、見たのか」

「見ました。ですが先に見たのは警吏の方々です。鄭御史もそうですが、なんであるかは分からなかったそうです。とはいえ今回の件に関係があるものでもなかったので、小物かなにかだろうとして追及しなかったそうです」

「内廷警吏官もか？」

「まったく気づかなかったようですね」

「そりゃあ良かった」

ふんと鼻で笑ったあと、漉中士は留め具を外して箱を開けた。がさがさと中をさぐる漉中士を、翠珠は無言で眺めていた。下着や足袋《たび》などの細々とした衣類をかき分け、奥から麻布の巾着《きんちゃく》が出てきた。

鷲掴《わしづか》みにして引き出すと、漉中士は荒っぽい所作で口を開く。そのまま逆さにして床に中身をぶちまける。細い紐《ひも》のようなものが転がり落ちた。少し太さがあり、よく見ると筒状になっていることが分かる。素材はなんらかの動物の皮である。

確認するように一目したあと、漉中士はそれを巾着に戻した。そのうえで官皮箱に戻さないまま蓋《ふた》を閉めた。

「それは、処分するのですか？」

「もったいないとでも言うのか？　他人に使いまわすようなものじゃないだろ」

皮肉っぽい言い回しに、翠珠は顔をしかめた。そんなことは微塵《みじん》も思っていなかったが、想像すると微妙な気持ちになる。

これがなにかというと、導尿管だった。

導尿とは、排尿困難な場合に人工的に尿を排出させる処置である。尿道より管を挿入して行う。排尿ができなくなる理由は多様だが、もっとも多いのは全身麻痺《まひ》も含めた下半身不随であろう。事故や戦争による外傷が原因となる場合が多いので、導尿の手技自体は古代と呼ばれる時代から伝わっていた。

排尿ができなくなる他の理由として、尿道そのものの損傷がある。

そもそも浄身術とは、正常な尿道を切断する術でもある。浄身術の直後は、尿道が塞《ふさ》がらないように白蠟《はくろう》等で経路を確保する。術後にこれを外して、そこから排尿がみられれば成功。なければ失敗で、こうなると死を待つしかないとされている。浄身術は、素人が安易に手がけられるようなものではない。幸いにして呉太監は成功した。そのときは――。

けれど稚拙な術の後遺症、あるいは成長や経年に伴う身体の変化で、彼が導尿を必要とする身体となったことは十分に考えられた。宦官《かんがん》とはいかに元気であろうと、不可逆的な尿道損傷を抱えている存在なのだ。

とはいえ、これまでそんな症例を目にしてきたわけではない。内廷警吏局で巾着の中身を見せられたときは、あくまでも仮定としてしか考えなかった。けれどこの漉中士の反応で、仮定ではなかったことを確信した。

静かに息を吐きながら、低い声で翠珠は問うた。

「酩酊《めいてい》状態で適切な導尿が行えなかったことが、死因になったのでは？」

膀胱《ぼうこう》に貯留できる尿量には限界がある。排尿ができなければ反動で他の臓腑《ぞうふ》にも影響を及ぼし、気血水《きけつすい》の調節にも破綻《はたん》をきたす。

「一因ではあるだろう」

滝中士は言った。

「ただ、それだけじゃない。そもそも酩酊が理由なら、数日間も導尿ができなかったわけじゃない。ただその一回と酩酊そのものの負担に、あいつの身体が耐えられなかったと考えるべきだな」

いまとなっては、原因をひとつに特定することは難しい。いずれにしろ柳里の提供した茸《きのこ》が切っ掛けとなったことはまちがいないから、彼は処分を免れない。しかし殺意の否定と不運の肯定はなされて欲しいと思った。

「呉太監が導尿が必要としていたことを、梅花殿の人達は知らなかったのですね」

「あいつが隠していたからな」

なぜ？　とは思わなかった。成人にとって排泄《はいせつ》の不自由は尊厳にかかわる問題だ。宦官でなくとも隠したがる者が大半である。うっかり粗相をした高齢者の切なげな顔は見ていて胸が痛む。

同じ宦官である内廷警吏官達は、導尿管だと気づいていなかった。となれば彼等は、呉太監と同じ処置を必要としていなかったのだろう。その差がどこから生じるのか断定はできない。そもそもの施術技術の問題か、加齢か生活習慣の問題がかかわってきているのか。あるいはその双方ともに影響しているのかもしれない。となればいまは差しさわりのない者達も、将来は分からなくなってくる。

けれど呉太監は、同じ宦官にも自分の身体状況を言わなかった。教えることで、もしかしたら彼等が同じ状態となる未来を避けられたかもしれない。しかし自尊心を傷つけてまでそんなことをする義務は呉太監にはない。

「だからこの件について、漣中士はなにも言わなかったのですね」

「あいつが必死に隠していたことを、死んだからといって暴露するほど性根は腐っていない」

そこで漣中士はいったん押し黙り、短い思案のあと言った。

「それに浄身の危険性と後遺症を世間に周知させる義務は、太監個人にではなく俺達医者にある」

翠珠は目を瞬かせた。言われてみればもっともな指摘だが、これまで微塵も考えたことがなかった。

「それが徹底して周知されたうえで、それでもその道を選ぶというのなら、それは俺達の知ったことじゃない。けれど現実には、親がその深刻さを知らないまま浄身を強制される子供があまりにも多すぎる。趙浪は最後まで、自分の身体を受け入れられずに苦しんでいた」

胸が締めつけられる。無知で身勝手な親の意向で浄身を強制された者の無念は、想像にあまりある。

「それでも妹を身請けすることを励みに、務めを踏ん張っていた。しかしその目的を果たして以降は、すっかり気力を無くしていた。酒量がどんどん増えていって、いくら言っても養生をしようとはしなかった」

漉中士が語る呉太監の姿は、翠珠が目にした彼の印象とは異なっていた。陽気で磊落《らいらく》な酒飲み。そんな印象のまま、呉太監が梅花殿の者達に厚意的に接していたであろうことも想像できる。

しかし表面的な明るさに安心しきった梅花殿の者達は、呉太監の心にひそむ苦悩や諦観《ていかん》に気づくことができなかったのかもしれない。

妹を救うという目標を果たした呉太監は生き甲斐《がい》をなくし、自分の身体を追いつめて寿命を縮めてしまった。

それは彼自身が望んだ道だった。しかし医師としては、救える命を救えなかったことを聞かされるのは無念である。

「妹さんを、生きる支えにはできなかったのでしょうか？」

「自分は一刻も早く、この身体から解放されたい」

翠珠は目を見張る。呉太監の生前の気持ちを表した言葉だということは、すぐに分かった。

「そんなことを言われて、自分の身体を大切にするように、説得できるか？」

「………」

翠珠は答えることができなかった。

なんのことはない。呉太監は生きる気力を無くしたのではなく、緩やかな手段での自死を選んだのだ。それ以外、自分の身体から逃れる術《すべ》がなかったから――。

自分の浅はかさに項垂《うなだ》れつつ、絞り出すように翠珠は口を開く。

「このことは……」

「言うわけがないだろ。黙っていることで俺が罪を問われるとか、王小太監の罪が重くなるというのなら別だが――それにそんなことを聞けば、あいつと違って曲りなりにも自分の身体を受け入れている太監達がどう思うか」

翠珠ははっとして顔をあげる。

呉太監の選択は彼の権利だ。しかしそれを公にすることは、同じ身体を持った宦官達に「死んだほうがましな身体」という彼の選択を突きつけることにつながる。

そんなことは、けしてしてはならない。

唇をわななかせる翠珠に、瀧中士はさらりと言った。

「お前も宮廷務めをつづけるのなら、自分の身と良心の双方を守るためにも、秘密の扱い方をきっちりと覚えろ」

様々に含みがありそうな言葉にぎくりとする。去年の今頃に後宮を去った河嬪のことを思いだす。そのことを瀧中士が知っているわけがない。まちがいなく偶然であるからこそ、宮廷における真理でもあるのだと思いなおす。

弱々しくうなずいた翠珠を一瞥《いちべつ》し、漉中士は官皮箱を抱えた。

「じゃあ、これは預かってゆくぞ」

そう言って彼は、入口の簾《すだれ》を押しあげた。琥珀《こはく》と茜《あかね》を混ぜたようなまばゆい西日が差しこんでくる。翠珠が目をすがめたとき、音をたてて簾が元の位置に戻り、室内はほの暗さを取り戻していた。


秋分を過ぎた頃、世間を賑《にぎ》わせていた『桟唐事件』の判決が下された。

術者には資格なしに施術を行った違法行為と、それによる過失致死の罰として懲役刑が課された。しかし親が術者に求めていた、賠償金は認められなかった。

稚拙な術により子を亡くした親が賠償を求めることは極めてとうぜんの権利だが、同時に親側にも無許可の業者と分かったうえで施術を求めた違法行為がある。

業者からの賠償を認めるのなら、平等を期すために親も処分を受けねばならない。この件にかんして両親はけして被害者ではない。亡くなった子供に対して、ともに加害者であるということが、今回の判決では強調された。ゆえにその罪を負う覚悟があるのなら賠償を認めよう。

自身の服役の可能性を匂わされた両親は、賠償請求を取り下げた。要するに相殺処分である。

道理を通すのなら、計算などせずに双方にきっちりと処分を加えるべきだった。しかしそうなると、違法業者を野放しにしていた行政の罪も問われる。もっと追及するのなら、具体的な制限を設けずに自宮者を野放図に増やしてしまった皇宮側の責任まで問わねばならない。

今回の裁判で、そこまで追及することは大理寺の本意ではない。よってその件はあくまでも問題提起にとどめることとして、判決の落としどころがそこに決まったのだ。

この事件が世間に知られたことで、浄身術の危険性が世間に周知された。加えて富貴を得るために宦官になるという手段は『安南の獄』以降の現在ではあまり有効ではないこと。また勝手に自宮をしても、皇宮が雇い入れられる宦官の数は限度があることもあらためて触れが出された。

その結果、膨れ上がるばかりだった自宮者の数は幾分減少の傾向をみた。

それでもその日の糧にも困る貧困者が、一縷《いちる》ののぞみをつないで自宮することを阻むことはできなかった。

第三話　女子医官、盟友を得る

秋分を迎えた頃の景京は澄んだ青空が広がり、吹く風も涼しく心地よい。少し前まで暑さが厳しく、今年はいつまで残暑がつづくのかと懸念されていたものだが、やはり暦通りの過ごしやすい日和になっている。

医官達もほとんどの者が、袷《あわせ》の官服を着けるようになっていた。もっとも医官局は衣替えの明確な期日を定めていないので、中にはまだ単衣《ひとえ》の者もいる。特に男性医官のほうに多い。全般的に女性よりも男性のほうに、暑がりは多い印象だった。

翠珠が袷の比甲を着けて出勤をしたその日、少し後から来た紫霞が、芍薬殿からの招待を伝えた。明後日、呂皇貴妃の長女・安倫公主の誕辰《たんしん》（誕生日）祝を行うから、二人も参加するようにとのことだった。

「え!?　晏中士はともかく、私は場違いじゃないですか？」

高峻との離婚をきっかけに実家からは勘当されているが、紫霞はもともと高貴な家の令嬢である。対して翠珠は南州の庶民。父は地方役人、母は民間医という家庭はそれなりに裕福だが、貴族や官僚ではない。

戸惑う翠珠に、紫霞はおかしそうに笑う。

「あれだけ呂皇貴妃様から気に入られているのに、なにを言っているのよ」

「それとこれとでは……」

確かに芍薬殿からは、何度か招待を受けている。けれどそれは茶会や軽食をふるまわれる程度のささやかなもので、格式ばったものではなかった。今回の公主の誕辰祝がはたしてどの程度の規模の宴《うたげ》なのか、翠珠にはまったく想像がつかない。

「えっと、なにを着ていけばいいんですか？」

「官服でもいいと思うけど、せっかくだからお洒落《しゃれ》していったら」

「茶店に点心を食べに行くときのような服しか持っていません」

これを機に誂《あつら》えるという手もあるが、そんな畏《かしこ》まった服を着る機会など、これが最初で最後かもしれない。そのためだけに大枚をはたくぐらいなら、外出用の裙《くん》を新調したかった。畏まった場所ではなく、友人と観劇や食事に行くときなど日常的に使えるものだ。色は淡い若葉のような松花緑《しょうかりょく》が良い。

「官服でよいのなら、官服で行きます」

「芳紀（女性の若く美しい頃）なのに」

珍しくからかうような物言いをする紫霞に、翠珠は少しばかり辟易《へきえき》した。

これはけして口には出さないし、不満に思っているわけでもない。しかし現実問題として、紫霞に同行するなら、たいていの女はどれほどめかしこんでも意味がない。それほど紫霞の美しさは圧倒的だった。むしろ彼女ほどの美貌《びぼう》の持ち主が気合を入れて装ったら、どれほどに華やぐだろうということのほうに興味がある。

「晏中士は、なにをお召しになりますか？」

「私？　あるものを適当に着るわよ。主役は安倫公主様だからね」

どうでもよいことのように紫霞は返した。翠珠に求めたときと反応がちがいすぎると思ったが、確かに紫霞が本格的に装ってしまっては、主役の安倫公主への注目がそれてしまいかねない。

美貌を競わねばならぬ立場ならそれでよいが、医師はそのような職種ではない。美人も時と場所を選ばねば、なかなか生きにくいもの。そんな現実を目の当たりにした気がした。

「とうぜんだけど、このことは栄賢妃様の耳には入れないようにね」

あらためて紫霞は言った。菊花殿の今日の往診担当は翠珠である。

「それでなくとも、落ちこみがずっと続いているから」

「そうなんですよね」

翠珠は嘆息した。

立秋の少し前辺りから、栄賢妃に活気がない。帝《みかど》から苦言を呈されたことが切っ掛けだが、それは自業自得だから慰めようもない。

それでもその頃は、虹鈴を折檻《せっかん》する活力はあった。それ自体はけして褒められたことではないが、怒るだけの気力が残っていたということである。

しかし近頃は声を荒立てることもなくなっている。それどころか装う気力も無くしてしまい、身支度は侍女の手で整えこそするが、ただされるがままで要望も不満も訴えなくなっているのだという。

以前であれば身づくろいに何刻《こく》もかけて、やれ髷《まげ》が歪《ゆが》んでいる、紅の色が悪い、眉《まゆ》の描き方が気に食わないと注文を付けて、何度もやり直しを強いていたという話だったのだが。

その変貌ぶりを、蓉茗は翠珠に憂いた。

『手がかからないと言って安心している者もいるけど、さすがに心配だわ』

『身づくろいに何刻もかけるって、以前はすごい活力だったのね』

『然《しか》るべき席であれば、妃嬪《ひひん》の方々はそれぐらい時間をかけるわよ』

『けど毎日のことなのでしょう。やっぱり妃嬪の方々ってすごいわ』

お気に入りの梔子《くちなし》色の襖《おう》を着ただけで、今日はいつもより可愛いかも、と単純に思える自分とは大違いである。

ともかく、それほど装うことに余念のなかった栄賢妃が、いまや他人にされるがままなのだという。あれでは額の花鈿《かでん》を上下逆に描いても気づかないだろうと蓉茗は嘆いていた。

あのときは蓉茗の忠義ぶりに、つくづく感心した。他の女官や奴婢《ぬひ》達は、栄賢妃の理不尽な叱責《しっせき》や暴力がなくなって、むしろほっとしている節すらあったというのに。

ともかく栄賢妃の現状は、あきらかに異常である。だから翠珠は気鬱《きうつ》を改善するための薬の服用を提案した。そのときは根本の理由――すなわち帝の叱責が取り消せないかぎり、どうにもならないと断られた。

確かにそうかと思って、そのときは翠珠もそれ以上勧めなかった。本音を言えば、どうせそのうち誰かに責任を転嫁するか、あるいは八つ当たりでもして元に戻るだろうと安易に考えていたところもあった。

しかしあれからひと月以上が経つが、栄賢妃が活気を取り戻す気配はない。

「昨日から服用いただいている薬が、少しでも効果が出るといいのだけど」

「え、服用をご承知いただけたのですか？」

思いがけない紫霞の言葉に、翠珠は驚きの声をあげる。

「ええ、ようやくね」

「すごいですね。どうやって説得したのですか？」

翠珠も折りをみて話はしていたが、頑《かたく》なに拒絶されつづけて、近頃はほぼ諦《あきら》めている部分もあった。呉太監の話ではないが、成人が自分の意思で診療拒絶をしたのなら医師にはどうにもできない。

「説得の内容はいままでと変わらないわ。間合いの問題よ。栄賢妃様のほうに拒絶する気力がなくなったという感じかしら」

けして好ましいことではないけどね、と紫霞は付け足す。

反抗や拒絶には気力が必要である。頑なに治療拒否をしていたのは、ある意味でそれだけの力が残っていたということだ。その気力すらなくして言われるがままにうなずいたというのは、患者の状態として好ましいものではない。理想を言えば、患者が治療方針を理解したうえで、積極的に取り組んでくれることが良い。

しかし背に腹は替えられない。

理由がなんであれ、栄賢妃は服用を承知した。これは良い機会である。

なにしろ薬は患者に服用してもらわねば、効果のほどは分からない。薬効も副作用も強い下薬《げやく》であれば処方も慎重になるが、作用が穏やかな上薬《じょうやく》や中薬《ちゅうやく》ならとりあえず服用させてみる。それで効果があればよし。なければ少し強い薬を配合するか、あるいは弁証からやり直して、あらたに論治を検討する。これぞ健全な治療の流れである。

世間には最初の処方で効果がないと、医者を藪《やぶ》と決めつけて勝手に治療を中断する患者が少なからずいる。薬も安いものではないから気持ちは分かる。

しかし病名を確定させる作業は、他の病の可能性をひとつずつつぶしてゆく消去法的な側面もあるから、相談もなくそのような行動を取られては、医者として手に負えないのである。

「それに現実問題として、いまのように伏したままでは身体もきついでしょうしね」

「処方に効果があれば、反論する気力を取り戻してくれますよ」

「服用した結果、飲んでも同じだと言われて拒否をされたら困るけど」

「服用で調子が良くなったら、さすがにそんなことを言わないでしょう。このままにしてお辛《つら》いのはご自分ですから」

栄賢妃の落ちこみの原因が帝の叱責なら、無かったことにはできない。彼女が消沈するのはとうぜんだし、治療をしても同じだと不貞腐《ふてくさ》れる気持ちは分かるのだ。

それでも栄賢妃の以前の強気を考えれば、自己中心の弁明で立場を取り戻そうと悪あがきをしていたように思う。そのうち八つ当たり的に回復するだろうと翠珠が軽く考えていたのは、そんな彼女の気質ゆえだ。事の可否は別として、もとの傍若無人な状態であれば、これほど落ちこみを長引かせなかっただろう。

しかし現状の栄賢妃は、それができていない。

そのために薬による気鬱の改善を試みる。少しでも気持ちが浮上すれば、それをきっかけに栄賢妃は自分の失態を取り返そうとあがくことができる。薬で帝の言葉は取り消せないが、落ちこみの連鎖を断ち切るきっかけを作ることはできる。

気鬱の治療は問題の解決ではなく、問題に対して持ちこたえることができる精神を取り戻すために行うものなのだ。

「けど、傍若無人さを取り返す為の治療というのも妙なものですよね」

「そのことだけど」

紫霞が少し口調を変えた。

「あなたに言われて気がついたのよ。入宮時の状態から鑑《かんが》みると、栄賢妃様は二回性格が変わっていることになるのよ」

確認するように言われ、翠珠はこれまでに得た栄賢妃の情報を整理する。

梅雨の季節、第五皇子が水痘《すいとう》を発症したときに蓉茗が言った。栄賢妃は入宮したときはもう少し穏やかだった。わがままで短気ではあったが、いまのように手がつけられないほどの癇癪《かんしゃく》持ちではなかった。それが後宮暮らしですっかり変わってしまった。

先入観からそんなものだと納得していたが、昨年翠珠が出会ったときから今年の梅雨の頃までの栄賢妃の癇癪は、けして正常なものではない。異常としてしまうのは語弊があるかもしれないが、成熟して精神的にも肉体的にも均衡のとれた成人なら、あんな些《さ》細《さい》なことでいちいち激さない。

生まれつき残虐な気質、あるいは極端に怒りの閾値《いきち》が低い人間は一定数いる。

しかし入宮した頃の栄賢妃はそうではなかった。もっと普通だった。けれど後宮で暮らすうちに、性格が変わっていった——と思っていた。

翠珠はうなずいた。

「そうですね。今回の落ちこみも入れれば、確かに二回変わったことになりますね」

後宮という神経を使う環境に適応するため、激しやすく暴虐なふるまいをするようになった。

可否はともかくとして、これは分かる。

しかしその変化を得た者が、なんの抵抗も騒ぎも起こさないまま今回のような単純な落ちこみかたをするものだろうか？

「晏中士はなにか思い当たる点が？」

「環境と元々の気質もあるから必ずしも病とは思わなかったけど、要は私が担当した頃から性格に変化が表れているのよね」

「はい？」

翠珠は首を傾げた。それではまるで紫霞がきっかけのようではないか。

どういうことだ？　栄賢妃は紫霞を気に入っていると思っていた。少なくとも翠珠よりはずっと尊重されている。それは彼女の実績ゆえだと受け止めていた。しかし自分より上位の呂皇貴妃や胡貴妃に対する尊大なふるまいを思えば、紫霞に対する態度こそ異例なのではないか？

短い思案のあと、はっと翠珠は思いつく。

（ひょっとして、晏中士のほうが美人だから？）

美貌《びぼう》に固執する栄賢妃が、紫霞の美しさに嫉妬《しっと》して精神が不安定になった。

さすがに紫霞も自ら口にするのは憚《はばか》られるのか、沈思したままでいる。しかし考えられない説ではない。気に入りの簪《かんざし》や襖裙を着けただけで「今日は可愛い」と思える翠珠と皇帝の寵《ちょう》を争う栄賢妃とでは、おのれの美貌への要求が桁違《けたちが》いである。

「なるほど、ありえますすね」

翠珠が同意すると、紫霞はうなずいた。

「そう思うでしょう」

「はい、私には想像もできない境地ですが」

翠珠の言葉に紫霞は怪訝《けげん》な顔をする。

「ですがそこまでこじらせるぐらいなら、担当を変えてもらえばよかったのに」

「？」

「しかし栄賢妃様のような万人が認める佳人でも、そのようなことで思い悩むことがあるのですね。さすが晏中士です。お見それしました。確かにどんな美人でも、より美人の前では無力です。傍《はた》から見ているから、よけい客観的に見比べてしまいます」

「──あなたなにを勘違いしているの？」

調子にのってべらべらと語る翠珠の思考に、ようやく紫霞は気づいたようだ。きつい声音に、翠珠はきょとんとする。

「勘違い？」

「どうも、そんな感じね」

軽くにらみつけられ、翠珠は自分の思いこみに気付いた。

「すみません、私てっきり」

「先刻あなたも言っていたけど、栄賢妃様にそんな気持ちが微塵《みじん》でもあるのなら、その日のうちに担当を変えられているわ」

「で、ですよね。変なことを言ってすみません」

恐縮しながらも翠珠は、さすがに紫霞も自分の美貌の自覚はあったのだとあらためて思った。でなければ翠珠の勘違いにこんなに早く気づけない。そもそも彼女が自分の美貌をいっさい自覚していなかったら、かえって嫌みがすぎるというものだ。

それはともかくとして、ならば紫霞はどういうつもりで先刻の発言をしたのか？

——要は私が担当した頃から性格に変化が表れているのよね。

つまり紫霞が言いたいことは、自分がきっかけで栄賢妃の性格が変わったわけではなく、自分が担当した頃に性格が変わったということか。

「あ⁉」

翠珠は声をあげた。嫉妬よりも美貌よりも、ものすごく単純なことを失念していた。

「その頃に、妊娠しましたね」

紫霞はうなずいた。

彼女が担当した頃に、栄賢妃は懐妊があきらかになった。

妊娠、出産をきっかけに性格や体質が変化する婦人は珍しくない。その多くは一過性のものだが、産後の養生を疎《おろそ》かにすることで、時に母体に致命的な損傷を残す場合もある。貧困、あるいは裕福でも夫や舅姑《きゅうこ》に理解がない家庭では、妊婦、褥婦《じょくふ》はそのような事態を招きやすい。

かねてより産科医が啓蒙《けいもう》しつづけている問題だが、この手の悲劇に見舞われる者は、出産において医師の手を借りられる環境にはないので現場に遭遇しにくい。医師の目に入らぬだけで、啓蒙不足や因習による患者の悲劇はどこかで起こりつづけている。

とはいえ、その手の話は後宮においては稀《まれ》である。妃嬪《ひひん》は子を産むことがなによりの務めとされるから、懐妊した者は風にも当てぬように尊重される。一年前の河嬪の事件のように流産を誘導される疑いはあっても、妊婦や褥婦に労働や罰を課したりなどの肉体的な虐待はありえない。

そもそもあの栄賢妃が虐待に甘んじていたなど、とうてい考えられない。それどころか妊娠したことで、さらに傍若無人になったと悪評が立ちまくっていた。翠珠は栄賢妃と出会ったのがそのころだったから、なんの疑問も持たなかった。

けれどいまにして思えば、あれも妊娠の影響だったのかもしれない。

そうだ。妊婦が心身に変化をきたす要因は、不養生の他にもあるではないか。

「えっと……」

翠珠は思考を巡らせる。

現在の栄賢妃は、抑うつ状態にある。なにをする気力も失《う》せ、放っておいたら一日中伏しているという。

しかし少し前までは、悪い方向でのまったく真逆な状態だった。

初対面のときから、そうだった。常軌を逸した激しやすい性格に加え、あの頃の栄賢妃は妊娠中だというのに、やたらと落ちつきがなかった。眩暈《めまい》の症状が強かったにもかかわらず、急に立ち上がるなどの不用意な行動を繰り返して転倒したこともある。

河嬪の流産の影響もあったのだろうが、猜疑心《さいぎしん》から呂皇貴妃をあからさまに攻撃していた。もっともあのときは呂皇貴妃も病の影響で同じようなものだったから、後宮の妃嬪はそんなものなのだろうと思ってしまったのだが——。

「あ!?」

翠珠はまた声をあげた。

「あの、もしかして栄賢妃様も——」

「かもしれないわね」

紫霞は困惑した面持ちで言った。

「今回の極端な抑うつ状態がなければ、気がつかなかったかもしれないわ」

「一過性で自然に回復する場合も多いですからね」

だからしかたがないで済ませてしまうのは、主治医としてさすがに気が咎《とが》める。しかし色々と間合いが悪かったことは間違いない。その中での幸いは、栄賢妃が今日からの服薬を了解したことだった。おかげで怪しまれずに薬を処方できるではないか。

「分かったわ。栄賢妃様にうまく言っておく」

翠珠から話を聞いた蓉茗はうなずいた。

女官達の官服も、秋物の袷《あわせ》になっている。朱色の襖《おう》には黄色と緑の糸で文様が施してあり、細やかな襞《ひだ》をよせた裙《くん》は桃紅色《とうこう》。若い女官向けの、秋冬のお仕着せである。

紫霞が処方した煎《せん》じ薬を持って菊花殿を訪ねると、折しも正房の扉から蓉茗が出てきたところだった。さっそく栄賢妃のもとに案内しようとする彼女を制し、翠珠は今後の治療方針を説明した。

色々気になる点はあるが、確定ができない状況で病名やら可能性を次から次にとあげていっては、いまの栄賢妃では精神が持たない。

翠珠と紫霞は話しあい、ひとまず気鬱《きうつ》を改善するという説明のまま薬を服用してもらうことに決めた。それで改善があれば気持ちも持ち直すだろうから、その段階でもう少し踏み込んだ説明をしたほうが混乱がないだろうという結論に至ったのだ。

とはいえ患者に正しい説明をせずに、医官の判断だけで治療を進めるというのは道義的に問題がありそうだ。せめて栄賢妃の身近で信頼できる人間には話を通しておくべきではないか。まっとうに考えれば西六殿の差配役、胡貴妃だろうが、栄賢妃に露見した場合を考えるとあまりにも剣呑《けんのん》である。

それでひとまず、蓉茗を選んだのだ。

「なるほど。病で性格が変わった可能性があるのね」

話を聞き終えた蓉茗はしみじみと言った。

「もちろん後宮という環境に適応しただけ、ということもあるわ」

「現状では適応ではないでしょ。それで周りが敵だらけになって、後宮ではすっかり孤立して、皇子を産み奉ったにもかかわらず窮地にあるのだから」

忠義者の蓉茗らしからぬ容赦ない言葉である。彼女が主《あるじ》に不満を抱いていることは薄々察していたが、こうまではっきり言われるとさすがに驚く。目を円くする翠珠に、蓉茗は気まずげな顔で肩を落とした。

「実はちょっとお休みが欲しいのよ」

「え？」

「来月に従妹《いとこ》の結婚が決まったの。姉妹みたいに仲良くしていた娘だから、ぜひとも式に参加をしたくて……とはいえいまの状況では、さすがにお願いできなくて」

確かに、ちょっと厳しい。一年前の栄賢妃であれば、虫の居所を量りまちがえさえしなければ、お気に入りの蓉茗には許可を出したかもしれない。まして彼女は栄賢妃の私的な侍女ではなく、あくまでも官人である。

しかし現状では申請自体をためらう。あらゆる意欲を無くした栄賢妃は、もしかしたら否とも言わないかもしれない。叱りつけ、撥《は》ねつける気力もなくしている。

しかし主がこのような苦境にある最中《さなか》、傍付きの女官としてそんな要望は口にしにくい。もしも栄賢妃がなにも言わず（言えず）とも、周りからの不忠者という誹《そし》りは免れない。

「いま長期で休みの希望を出したりしたら、泥船から逃げるつもりかと誹られてしまうわ」

　小声ではあったが、蓉茗の声音にはあからさまな不満がにじみでていた。

　どうやら翠珠が思っていたよりもずっと、後宮での栄賢妃の立場は微妙なものになっているようだ。

　若く美しく、待望の皇子を産んだばかりの妃が分からぬものだ。

　翠珠が内廷勤務を始めた一年前、ちょうど懐妊中だった当時の栄嬪は、呂貴妃を薹《とう》が立った年増と嘲笑《あざわら》うほど傲慢《ごうまん》だったというのに。

　あのときの翠珠は、あんなに若さを誇っている者は、いつか必ずくる自分の加齢に面したとき、なにを頼りに気持ちを保つのか疑問に思ったものだった。

　今年二十二歳の栄賢妃は、いまでも十分に若い。しかし自身の失策で、思ったよりも早くに凋落《ちょうらく》がはじまっている。

　翠珠は、苛立《いらだ》ちを滲《にじ》ませる蓉茗の横顔を見た。女官という官人の立場にある彼女は、奴婢《ぬひ》達とはちがい配属を変えてもらうこともできる。もちろん根回しやうまく立ち回ることは必要だが、女官の配属先は妃嬪付きだけではなく、六局一司のような後宮の運営的なことを担う部署もある。

　六局一司は、尚宮、尚儀、尚服、尚食、尚寝、尚功の六つの局と、宮正《きゅうせい》の一つの司からなる。女官の母体組織でもあるこの制度はかねてより存在していたのだが、宦官《かんがん》の勢力に押されていまひとつ機能していないきらいがあった。

しかしこれも『安南の獄』の影響で、いまは後宮内はおろか、外廷の官吏たちにも一定の影響力を持つようになっている。まして六局の各長官ともなれば、かなりの権力を持つ。

とはいえ女官の一番の出世は、やはり皇后ないしは上位の妃の腹心となることにまちがいはない。呂皇貴妃付きの蘇鈴娘などは、完全にその道に乗っている。

はたして蓉茗はどう思っているのだろう？　泥船からいち早く抜け出したいと望んでいるのか？　それとも意外に厚い忠義心で、栄賢妃の現状をなんとか立て直したいと望んでいるのだろうか？　気にはなったが、尋ねても翠珠の立場ではただの下世話な好奇心にしかならない。

「一日、二日ならなんとかなるんじゃない？」

「地方だから……往復の時間と式のことを考えたら、半月、できたらひと月ぐらいは欲しいのよね」

早馬でも使わないかぎり、それぐらいは必要となるのだという。しかし現状の菊花殿でそれはなかなか厳しそうだ。

「でもそれだけ休みがもらえたら、桃女官もゆっくり養生できるわね」

「別に養生したいわけじゃないわよ」

苦笑交じりに返した蓉茗に、翠珠は一拍置いてから「眠れないんじゃなかった？」と訊《き》いた。蓉茗は怪訝《けげん》な顔をする。

「立秋の少し前ぐらいに言っていたじゃない」

蓉茗は少し考えたあと、はっとしたように返した。

「ひょっとして、梅花殿の王小太監が怒鳴り込んできたとき？」

「……そうね。その頃だったかな」

呉太監の死因を探ろうとした柳里が、ここ菊花殿に乗りこんできた。そのさい洛延と言い争いになり、そのとばっちりで蓉茗が倒れそうになった。そのとき彼女は、そんなことをぼやいていた。

そのことね、と蓉茗は笑った。

「あの頃はまだ暑かったからね。まあ、いまはだいぶん涼しくなったけど……確かにいまも、ちょっといらいらしてよくは眠れていないかな」

「そのいらいらを改善するためには、少し長いお休みがいるかなと思ったの」

自分の言葉を説明するように言った翠珠に、蓉茗はふたたび苦笑した。

彼女の背中越しに見える花壇には、深紅の鶏冠花《けいかんか》が扇形の花を咲かせている。秋の代表的な花である。肌に触れる空気は涼やかで、すでに寝苦しさに悩む季候ではなかった。

今日の勤務が終われば、翠珠は宿舎に帰るべく皇城を出る。男性の官吏はみなそうしている。しかし女官は、後宮で寝起きすることをとうぜんのように強いられる。もちろん遅い時間に婦人が帰路につくのは危険という側面もあるのだろう。独身者が多いという実態もある。それでも女官達がもう少し気楽に外泊ができれば、気晴らしをすることができれば、蓉茗もいまほどこじらせずに済んだようにも思うのだ。

胸の奥に芽生えたわずかな罪悪感を押さえつけて翠珠は言う。

「今回の治療が功を奏して、栄賢妃様が以前の状態に戻ってくだされば、お休みもお願いしやすくなるんじゃない？」

以前の状態というのは、入宮して間もない頃のいくらか穏やかだった気質を指している。翠珠も紫霞も、栄賢妃のそんな姿は想像がつかないのだが、確かにそんな時期があったのだと蓉茗は証言している。

「そうなってくれればいいけど」

切実に蓉茗は言った。休みを願い出るのなら、そのほうが叶《かな》う可能性は高い。

とはいえ翠珠がよく知る癇癪《かんしゃく》持ちの栄賢妃でも、蓉茗のような手腕の女官であれば了承させてしまえる気もする。

しかしいまのように覇気のない状態では、内容がなんであれ個人的な頼みを切りだしにくい。弱みにつけこむようで心が痛む。今回紫霞が服薬を押し切れたのは、それがあくまでも栄賢妃のための行為だったからだ。

「とりあえず、栄賢妃様に薬を飲んでいただきましょう」

翠珠はぶら下げていた薬缶《やかん》を持ち上げた。

目の前の紫檀《したん》製の格子扉を開ける。夏に使っていた簾《すだれ》はすでに取り外されている。

前庁に入ると、すぐ先に虹鈴がいた。両腕いっぱいに百日紅《さるすべり》の花を抱えている。奥には、酸枝木《さんしぼく》製の花几《かき》の上に置いた白磁の花瓶が見えた。

翠珠がなにか言うより先に、虹鈴は深々と頭を下げた。

「この間はいろいろとお世話になりました」

「ううん。少しはよくなった？」

「はい、おかげさまで。それで、あの……お薬が少し余ったので、転倒した宮人に分けてあげたのですが」

「いいわよ、あれはあなたにあげたのだから」

翠珠が言うと、虹鈴はほっと胸を撫《な》でおろした。善行とはいえ、こんなことを正直に言ってしまうあたりが本当に要領が悪い娘だと思う。相手によっては、私があげたものなのに勝手なことをするなと怒られかねない発言だった。

同じことを思ったのか、隣で蓉茗が呆《あき》れた顔をしている。

「いいから、さっさとその花を活《い》けてしまいなさい」

「はい」

蓉茗の指示に虹鈴は飛び上がって花几の前にかけよった。その姿を横目に、翠珠と蓉茗は奥に進む。

寝室に入ると、天蓋《てんがい》から緞子《どんす》の幕を下ろした寝台に栄賢妃がいた。大きな枕を数個重ねて背もたれにしている。化粧っ気のない白い顔は生気に乏しく、かつての傍若無人ぶりを承知したうえでも同情してしまう。運動をしていないことも要因だろうが、少し太った、いや浮腫《むく》んでいるように見える。

——だとしたら、なおさら可能性は高い。

「賢妃様、李医官が参りました」

蓉茗ではなく、寝台脇に控えていた三十歳くらいの侍女が声をかける。杏色《あんず》の襖《おう》に赤みを帯びた樺茶《かば》の裙《くん》をつけた彼女は、皇宮から配属された女官ではなく栄賢妃が実家から連れてきた者である。地位と待遇の差はあれ女官や宮人が官人であるのに対し、彼女は栄家の所属になる。胡貴妃の乳母、荘月も同じ立場である。

栄賢妃が細い首を億劫《おっくう》そうに回したとき、入口の内暖簾《のれん》が揺れて、おずおずと虹鈴が入ってきた。

「あ、あの、こちらにもお花を飾るようにと——」

彼女が抱えた百日紅は、前庁で見た時の半分程になっていた。翠珠や蓉茗には朗らかに話す娘なのに、栄賢妃がいることですっかりおびえきっている。度重なる折檻《せっかん》の経歴を考えればとうぜんで、ここまで傷ついた経緯を思うと不憫《ふびん》さに胸が痛む。

「医官が来ているのに、いま必要はないでしょ」

けんのある侍女の声音に、虹鈴はびくっと身体を揺らした。表情が乏しかった栄賢妃も蛾眉《がび》を寄せた。水を浴びたような気持ちになる翠珠から、蓉茗がひょいと薬缶を取り上げた。とつぜんのことに翠珠は抵抗もできない。

「？」

「これ、温めなおさないといけないわよね」

「あ、うん」

「虹鈴、火にかけてきて」

蓉茗は入口まで行くと、薬缶と百日紅を交換した。百日紅を抱えた蓉茗がこちらを向いたときには、虹鈴の姿は見えなくなっていた。まるで彼女を匿《かくま》ったかのような展開だった。

とっさの機転に翠珠が感心していると、蓉茗は礼をするように目配せをした。いっぽうの侍女は不服気な顔をしていたが、蓉茗に文句を言うことはしなかった。両者の上下関係は分からぬが、そもそも虹鈴の行動は叱責《しっせき》されるものではない。それに声を荒らげようとした侍女のほうがおかしいのだ。

(女官と侍女の関係って、ちょっと複雑そうよね)

官尊民卑の世なので、私的な存在である侍女は女官に多少なりとも劣等感があるのかもしれない。ちなみに妃嬪《ひひん》・侍妾《じしょう》も大まかにいえば女官になるのだが、最初から採用基準がちがうので、役割が混在することはほとんどない。

気を取り直して翠珠は、栄賢妃の枕元に近づいた。

「お脈をよろしいでしょうか？」

遠慮がちに言うと、栄賢妃は無言のまま腕を出す。憎まれ口の一言も出てこないあたり、やはり以前とは甚だしくちがう。そもそもその以前の姿も本来の彼女ではないというけれども。

脈証は以前と同じでやや弱い（虚脈のことを弱脈ともいう）。立秋の少し前に翠珠が診たときも同じ症状だった。ただあの時に比べて若干遅脈（徐脈のこと。通常より脈が遅い）傾向にあるようだ。

「お薬を準備して参りましたので、それで数日様子をみてください。私と晏中士で毎日うかがいますので」

「……効けばいいけど」

ぼそりと栄賢妃は言った。この発言が、どうせ効かないという投げやりな気持ちからなのか、少しでも良くなればよいという切実な思いからなのか、口調からは判断しかねた。

「効かなければ別の方法を考えますので、遠慮なくお申し付けください」

一応、励ますように翠珠は言った。

栄賢妃はしばし無言だったが、やがてゆっくりと首肯した。以前の誰彼かまわずかみついていた野犬のような様に比べれば別人である。もしかしたらこのほうが菊花殿は平和なのかもしれないが、床から出るのも億劫だという状態を放置はできない。

その上で翠珠が栄賢妃の反応から感じたことは、彼女は治らなくても良いとはけして思っていないということだった。

普通に考えればそうだろう。いくら未来に希望が持てず自暴自棄になっていたとしても、だからこそ肉体的、あるいは精神的な辛《つら》さからだけは解放されたい。呉太監の酒量が増えたのも、そんな理由だった。彼は酒で得られる快楽や解放感を求めて、身体が蝕《むしば》まれる未来を承知で酒を飲みつづけた。

帝《みかど》の叱責《しっせき》に絶望して当初こそ自棄《やけ》になっていた栄賢妃だが、もともとそんな辛抱強い人間でもないから、意地を張っても肉体的な苦しさには我慢しきれなくなってきた。その間合いも計って紫霞は服薬を勧めたのだ。やはり彼女も一流の猛獣使いである。

そこまで考えてから、ふと思いつく。

（虹鈴、遅いな？）

もしやまたなにか失敗でもしたのでは、という不安がよぎったとき、内暖簾のむこうに人影が見えた。やっと来たと腰を浮かしたが、入ってきたのは別の宮人だった。彼女は蓉茗になにか耳打ちをする。話を聞き終えた蓉茗は、翠珠にむきなおる。

「李少士、第五皇子様の部屋に行ってくれない？」

「はい？」

「第五皇子様が虫に刺されたようです」

この件にかんして蓉茗は、翠珠にではなく栄賢妃に報告をした。

栄賢妃は少し嫌な顔をしたが、以前のように声を荒らげることもなく「行ってちょうだい」と翠珠に命じた。蛇串瘡《じゃせんそう》に罹《かか》ったことを非難していた頃なら、第五皇子付きの宮人が折檻されていたかもしれない。

「分かりました。でも賢妃様のお薬は——」

「それは私が間違いなくするから、先に第五皇子様のところにお願い」

そう言って蓉茗が報告に来た宮人に案内を命じたので、翠珠はそのまま寝室を後にするしかなかった。


呂皇貴妃が住む芍薬殿は、東西十二殿の中でも特に広大な敷地を有する絢爛《けんらん》な殿舎である。『百花の円居』が行われる寝殿（正殿）を中心に、複数の殿舎が回廊でつながっている。

その南東に、芍薬殿自慢の庭園がある。

中島をもうけた池を中心に巡らせた回廊を進むと、途中に蝙蝠《こうもり》の羽根のようにそりかえった屋根を抱く半亭《はんてい》が設けられている。亭のうち独立しておらず廊に組み込まれて設置されたものを半亭と呼ぶ。休憩しながらほとりの景色を愛《め》でられるように、池側の欄干は幅と傾斜を持たせて腰を下ろせる造りになっている。

この半亭を経て、さらに回廊を進んだ高台となった場所に、庭園の中心の建物となる二階建ての楼があった。緑釉瓦《りょくゆうがわら》を葺《ふ》いた巨大な建物は一階が柱廊のみの吹き抜けとなっており、そこからは池を囲む景色が、二階に登れば庭園も含めた芍薬殿全体が見渡せるようになっていた。

安倫公主の誕辰《たんしん》祝は、この楼で催された。

雲一つない秋晴れのすがすがしい空が広がるその日、数多くの者達が祝の席に訪れた。療養中の栄賢妃をのぞく妃嬪のすべてが参加し、その艶《あで》やかな美貌《びぼう》と色彩豊かな装いで花を添える。

普段は男子禁制の後宮も、祝宴の招待客は別である。呂家の親族はもちろん、主たる官僚はほとんどが招待されている。高位とはいえあくまでも側室腹の公主の誕辰祝にしてはずいぶんと盛大だが、呂皇貴妃の昇進祝的な面もあると聞いて、なるほどと納得した。

宮妓《きゅうぎ》達が年若い公主を祝うにふさわしい、明るく軽快な舞を披露している。赤い吉祥文様を織り出した橙黄《とうこう》色の襦《じゅ》を胸元まであげ、羅の大袖衫《おおそでさん》を羽織るという時代がかった装いで、腕や胸元がほんのりと透ける様が健康的な色香をかもしだしている。宮妓達が動くたびに、腕にからめた帔《ひ》帛《はく》が煙がたなびくようにふわふわと揺れる。

楽師達が奏でる音色は、華やかな宴の席に絶え間なく流れつづけている。芍薬殿自慢の料理人達が腕をふるった数々の宮廷料理。きらびやかに着飾った貴人達が、酒杯を手に美食に舌鼓をうつ。庶民の翠珠が居場所を無くしてしまうような華やかな場だが、これであくまでも私的な宴というのだから驚きである。

翠珠は紫霞とともに御前に進み出て、安倫公主に祝いを述べた。

十四歳になったばかりの皇帝鍾愛の公主は、色味の薄い襖裙の上に撫子《なでしこ》の花を散らした牡丹紅《ぼたん》の褙子《はいし》（前開きの丈長の上着）を羽織っていた。御前を退いてから紫霞が教えてくれたのだが、父帝からの贈り物ということだった。

白梅の花弁のような耳朶《みみたぶ》の下で揺れていた紅玉の耳飾りと繊細な金細工に真珠と紅玉をあしらった腕輪は、ともに兄皇太子から贈られた品だという。

挨拶《あいさつ》を済ませてから、翠珠と紫霞はいったん楼を離れて回廊に出た。回廊は池に面して延びており、景色が眺められるように吹き放ちになっている。

「公主様、お美しかったですね」

歩きながら翠珠は、素直な感想を述べた。

一年前に会ったばかりの頃は、向こう意気ばかりが強い子供っぽい印象だったが、うっすら白粉《おしろい》をはたいた玉顔に花鈿《かでん》を描いて紅を差した姿は大人びて、母親似の美しさが際立っていた。

「本当ね。もう何年かしたら、ご結婚の話も出てくるかもしれないわね」

「世間一般では、それぐらいが適齢期ですものね」

茶店での同級生達との会話を思いだし、翠珠は自嘲《じちょう》と矜持《きょうじ》を交えた奇妙な気持ちのまま言った。二十歳という自分の年齢は適齢期も過ぎかけ、いや特に若さに比重を置く相手からすればとっくに行き遅れの年齢だ。

それは別に気にならない。結婚は別だが産科の観点からすれば、十代での妊娠出産はけして奨励できるものではない。世間で言われている適齢期は、若い娘が良いという男側の願望。ないしは早く結婚してできるだけたくさんの子供を産んでほしいという家の都合によって作られたものだということは、とうに承知していたからだ。

ただそれを主張すれば、かえって哀れみの目をむけられる。特に二十歳になってからその傾向が強い。この世間の風潮には困惑し、近頃はときどきいらいらしている。かといって世間に対して声高に意見を言うつもりもないので、鬱屈《うっくつ》した思いが少しずつ澱《おり》のように溜《た》まっている。

紫霞はくすっと小さく笑っただけだった。離婚歴のある彼女は、結婚に対して翠珠とはちがった複雑な思いがあるのかもしれない。

翡翠《ひすい》色の水を湛《たた》えた池の周りでは、夏場より少し色褪《いろあ》せた葉をつけた柳が長い枝を揺らしている。その奥には薄紅の花を咲かせた夾竹桃《きょうちくとう》の木が見える。

今朝は官舎に車を呼んで、二人で相乗りしてきた。通勤であれば歩く距離だが、宴のためにつけた衣装や靴は、長歩きにははなはだ不適切だからしかたがない。

翠珠は結った髪に、撫子の造花と銀鎖の控えめな歩揺《ほよう》がついた簪《かんざし》を挿している。水藍《すいらん》色の琵琶《びわ》袖《そで》の襖《おう》には可憐《かれん》な沈丁花《じんちょうげ》が鏤《ちりば》められ、細やかな襞《ひだ》をよせた宝藍色の裙は、宝相《ほうそう》華文《げもん》を施した金襴《きんらん》の膝襴《しつらん》と裙襴《くんらん》が付いた手の込んだ仕立てである。

もちろんこんな上等な衣装は、自分で準備したものではない。自分の若いときの物を紫霞がかしてくれたのである。上背差もあり全体的に丈長だったが、そのあたりは着付け方でなんとかした。逆に丈が足りなかったら難しかっただろう。

どうせもう着やしないから譲る。だから遠慮しないで丈を詰めろと言ってくれたのだが、あまりにも上等すぎるので断った。極上の錦《にしき》と繻子《しゅす》の手触りに、あらためて紫霞が名家の令嬢だったことを思いだした。

それを踏まえた上で、今朝部屋から出てきた紫霞の麗姿には圧倒された。

褙子《はいし》は、青紫の光を帯びた鴉《からす》の羽根を表したとされる鴉青色。孔雀藍《くじゃくらん》と殷紅《あんこう》の糸で、全体に花鳥文が縫いとられている。すっきりと結った高髻《こうけい》には、碧玉《へきぎょく》や紫水晶を鏤めた銀細工の束髪冠《そくはつかん》をかぶっている。

色目を考えれば抑えた装いのつもりなのだろう。しかしどうしたって美貌と品位は損なえない。鴉青色は見た目は地味だが、染色には非常に手がかかる高尚な色として名を馳《は》せている。

──やはり、ものがちがう。

心から翠珠は思った。誰かと比べたわけではなく、漠然と世に対してそう思っただけである。

「どうする。会場では次の催し物がはじまったみたいだけど」

楼のほうを振り返り、紫霞が尋ねた。耳を澄ませば、どうやら楽曲が変わっているようである。翠珠はちょっと考えた。演芸の鑑賞に興味はあるが、周りが知らない者ばかりなので緊張していまひとつ楽しめそうもない。翠珠が呼ばれているあたりから、かならずしも高貴な方々ばかりが席を占めているわけではないのだろうけど。

「そうですねえ」

迷っているさなか、楼のほうから高峻が歩いてきた。

呂皇貴妃の甥《おい》で安倫公主の従兄《いとこ》にあたる彼は、とうぜん招待されている。ただ楼にいたときは存在に気づかなかった。

淡い色の交領の長袍《ちょうほう》の上に、黛色《たいしょく》の大袖の直綴《ちょくたつ》（男性の丈長の上着）を羽織っている。黛色は夜明け前の空を表す色で、青みを帯びた黒である。鴉青色と黛色。紫霞と高峻の上着はよく似た色だった。洗練された衣装に身を包んだ、絶世の美男美女が並ぶ姿はまさに目の保養である。

「え、お二人はお召し物をあわせたのですか？」

「そんなはずがないでしょう」

すかさず紫霞は反論した。切れ長の目元がうっすらと朱に染まっている。怒っているわけではなく照れている。だから翠珠はしらっと返した。

「偶然ですか。でもすごくお似合いですよ」

「ありがとう」

穏やかに高峻は言った。紫霞は困惑はしているが、嫌そうでもない。照れ隠しからだろうか？　彼女はさっと話題を変える。

「……どうしたの？」

「追いついてよかった。次の演目が、君の好きな『青陵宴《せいりょうえん》』と聞いたので、報《しら》せに来たんだ」

翠珠は耳にしたこともないが、おそらく舞踊の演目名だろう。

「『青陵宴』、まあ久しぶりだわ」

紫霞は今度は頬を紅潮させた。高峻と接するときの紫霞は、表情も声音も平生より若々しい。嫌いで別れたわけではない。少なくとも高峻が紫霞を手放したのは、彼女を守るためだった――もしかしたら、いまでも思いを寄せ合っているのかもしれない。

そう考えると、妙な義務感がこみあげてきた。

「私は遠慮しておきます。お庭を観たいので」

「え？」

紫霞と高峻は同時に声をあげる。不意をつかれたかのような反応に、もしかして最初から頭数に入っていなかったのかと捻《ひね》くれたことも思った。二人の人柄を考えればさすがに穿《うが》ちすぎだろう。

「李少士」

「四半刻《こく》……いえ、半刻ほどしたら楼に戻ります。もし戻らなかったら、先に帰ってください」

言い捨てると翠珠はくるりと踵《きびす》を返した。四半刻。件の舞踊がそれほど長いものとは思えないが、やけぼっくいの男女が二人で過ごす時間としては短い。見合いさえしたことがない行き遅れでも、それぐらいのことは分かる。だから自分なりに気を利かせて半剋に訂正した。

翠珠はぐんぐんと回廊を進み、途中にある半亭で腰を下ろした。欄干にもたれて一息つく。秋とはいえ紅葉にはまだ早い時季。水辺で揺れる柳は青い。中島に滑らかな石を積んで造った築山《つきやま》。そこにみっしりと生える天鵞絨《ビロード》のような質感の苔《こけ》も美しい。

芍薬殿を訪れる機会は頻繁にあったが、足を運ぶのは殿舎かそれに付随する内院《なかにわ》ばかりで、このように見事な庭園があるとは知らなかった。

「ほんと、後宮って広いんだな」

後宮全体ではなく、芍薬殿単体でこれである。感嘆の息をつきつつ、池側にむけていた姿勢をただす。亭の壁には楕円《だえん》形の洞門（くりぬき門）が設けられており、回廊外の庭に直接行けるようになっている。

洞門の先には、あたかも額に収めたような切り取られた景色が見える。

大人の上背ほどの細い竹と、その半分ほどの高さの庭石が、まるで夫婦が寄り添うように置いてある。庭石は艶《つや》のある灰白色で、屈強な男性の拳《こぶし》のようにごつごつとした形をしている。

（妻のほうが長身なのか、もしくは夫が華奢《きゃしゃ》なのか……）

竹と岩のどちらを妻にするのかで、解釈が変わってくる。興味深く思いを巡らせていると、天青《てんせい》色の直裰の裾《すそ》をひるがえした夕宵が洞門をくぐってきた。天青は雨上がりの晴れ渡った空を表し、開放性と率直さを示す色である。夕宵にふさわしいような、ふさわしくないようなどちらとも言い難い謂《いわ》れだが、爽《さわ》やかな色彩自体はとても似合っていた。

「こんにちは」

不意はつかれたが、彼が招待されていることは驚きではない。だからいつもの口調で翠珠は話しかける。しかし夕宵は一瞬怪訝《けげん》な顔を見せた。だがすぐに「李少士？」と驚きの声をあげた。

「え、はい」

いったい、なにを驚いているのか。

「誰かと思った。いつもと印象がちがうから」

「……ああ」

翠珠は胸元に手をおき、自分の衣装を見下ろした。そういえば夕宵と会うときはいつも官服ばかりだった。もちろんこちらも彼の官服しか見たことはない。常服の直裰を着けた夕宵は、いつもより物堅さがやわらいだぶん、いっそう清《すが》しく見える。自然と胸がざわついていることに気付いて、翠珠はあわてる。

「晏中士のお古です」

必要以上に声を張ったのは、動揺を静めるためだ。自らの意思で装ったと思われるのが、おかしなほどに気恥ずかしい。

「宴席で着られるような服を持っていないので官服で行こうと思ったのですが、それじゃあんまりだからと気を遣ってくださったのです」

「どうりで品がある。どこの貴族令嬢かと思った」

微笑みながら夕宵は言った。名家出身の紫霞の私服を着ているから、つまり馬子にも衣装的なからかいにも受け取れるが、彼の口調にそんな含みはなかった。純粋に褒めているようにしか聞こえない。

だからこそ、かえって焦る。

「もう、令嬢という年でもないですよ」

自虐と矜持《きょうじ》を交えた感情を、冗談めかして言ってみる。

夕宵は虚をつかれたような顔になり、一拍置いてから軽く首を捻る。

「そうか？　じゃあ貴婦人か」

「それも笑っちゃいますね」

夕宵が声をあげて笑ったので、少し緊張が落ちついた。

なぜ、こんなところから入ってきたのか理由を訊《き》くと、彼も挨拶《あいさつ》を済ませたあと場を持て余して庭を散策していたのだという。

「呂少卿もいらしてましたよ」

「いや、あの方はほら……」

気まずげに語尾を濁す夕宵に、翠珠ははっとする。

「もしかして晏中士とのことで気を遣って？」

夕宵は素直にうなずく。

「私もそうです。私も晏中士と一緒だったのですが、呂少卿がいらしたので離れてきました」

「やれやれ。おたがいに手のかかる先輩を持ったな」

芝居じみた口ぶりで夕宵が言ったので、内容よりもその物言いに翠珠は笑う。

そのあとせっかくだからと、洞門を抜けてみることにした。夕宵がついていてくれるのなら道に迷う心配もない。二人ともしばらくしたら会場に戻らねばならないから、遠出をするつもりはなかった。

回廊の外に出ると、洞門からも見えた竹と庭石の先に竹林が広がっていた。籬《まがき》で小道が作られており、箇所箇所に石燈籠《いしどうろう》が設置されている。さすがにこの時間に火は入っていないが、夜になれば幽玄な景色が観られるだろう。日中のいまは、竹の間から差し込んでくる光が帯状となって仄暗《ほのぐら》い竹林の中できらめき、こちらも幻想的だ。回廊内の山水を写し取ったような景色とは趣が異なっている。

「こちらも素敵ですね」

あたりを見回しながら翠珠は言った。

「芍薬殿を賜っていた先の賢妃が、故郷を懐かしんでこの庭を造ったらしい」

「先の賢妃様って――」

「皇太子のご生母、追号された皇后だ」

皇太子の母親である先の賢妃は『安南の獄』で冤罪《えんざい》をかけられ、潔白を訴えて自害した。その死を悼んで、皇后位を贈られたという方だ。

「芍薬殿を受け継いだ呂皇貴妃は、皇太子と皇后の意向を慮《おもんぱか》って、この庭を保全している」

いかにも呂皇貴妃らしいふるまいだと思った。非業の最期を遂げた皇后を悼み、自身が息子を持ちながらも遺児である皇太子を尊重している。彼女が栄賢妃を嫌っているのは、寵愛《ちょうあい》を妬《ねた》んでいるからではなく後宮の和を乱す不遜《ふそん》な行いが目立つからだ。

「そういうところを、陛下も信頼なされているのですね」

「皇太子も呂皇貴妃の心配りには感謝をされている。だからこそ今日の安倫公主への誕《たん》辰《しん》祝の贈り物だ。見たか？」

「はい。あんな豪華な腕輪と耳飾りは、はじめて見ました」

正室腹の皇太子が、側室腹の異母妹に贈る品としては十分過ぎる品だった。そこに呂皇貴妃と皇太子の関係の良好さが表れている。

「皇貴妃は厳しい方だが、誰よりも自分に厳しい方だから信用される」

「でも安倫公主様には、だいぶ甘いですよ」

翠珠の指摘に、夕宵は「そういえばそうだな」と同意した。

そのあとも、しばらく竹林を歩いた。二人でとりとめもない話をしながら、しなりながら空を覆うように伸びる無数の竹、仄暗い中できらめく帯状の光等、竹林が織りなす独特の光景を楽しんでいた。

さらに奥に進むと、どこからか蟋蟀《こおろぎ》の鳴き声が響いてきた。

「風流ですね」

「この程度なら風情があるが、闘蟋《とうしつ》の時は何十匹も集まってうるさくてかなわないぞ」

闘蟋とは蟋蟀相撲のことで、貴族の間でも人気の娯楽である。辻《つじ》などで競わせている現場を目にしたことはあるが、本格的な会場には足を運んだことがない。しかし何組も対戦があるのなら、その数だけの蟋蟀が持ち寄られることになる。想像しただけでやかましそうだ。

「確かに。鳴き声だけなら、これぐらいが理想ですね」

しみじみと翠珠は言った。いま秋風にのって聞こえてくる虫の音は、離れた場所で揺れる風鐸《ふうたく》のように耳触りがよい。あれもあまり間近だとうるさくてかなわない。

「本当だな。心地よすぎて、戻るのが億劫《おっくう》になりそうだ」

さらりと夕宵は言った。

「私もです。ずっとここに居たい気持ちです」

何気なく翠珠が口にした言葉に、夕宵はきょとんとする。

ん？　と首を捻《ひね》ったあと、翠珠ははっと気づく。つまり、あなたとずっとここに居たいというふうにも取れるわけだ。もちろんそれが言い回しの問題であって、翠珠にそんなつもりがないことぐらい夕宵も分かっているだろう。

ただ、とっさのことにぎょっとしたにちがいない。あんのじょう夕宵は照れ隠しのように笑った。翠珠は彼の思惑に気づかぬふりをして愛想笑いを浮かべる。

けれど、内心では分かっていた。

竹林の静けさよりも、この人といることが、自分にとって心地よいことなのだと。

「舞踊はもう終わったでしょうか」

気まずさとぎこちなさを振り払うように、翠珠は話題を変えた。

「舞踊？」

「ではないのですか？『青陵宴』という演目ですが、それを理由に呂少卿が晏中士を
誘いにいらしたのです」

「それは確か雑劇だな。舞踊の要素も強いが」

「宮中で雑劇を上演するのですか？」

翠珠は驚きの声をあげた。雑劇とは、滑稽《こっけい》要素を含んだ寸劇のことだ。内容から大衆
に流行しており、まさか宮中で上演されるとは思っていなかった。

「雑劇といっても『青陵宴』は、かなり上品な作品だぞ。仙女の憩いが主題だから、音
楽や衣装が美麗で、婦人に人気がある。私もわりと好きだし、晏中士のお気に入りとい
うのも分かるな」

「そういう内容だったら、お邪魔虫を承知で観にいけばよかったです」

未練がましく言うと、夕宵は声をあげて笑った。

『青陵宴』は少し品の良い劇場なら、けっこうな頻度で上演しているぞ」

「そんな品の良い劇場なんて、よく知りません」

「ならば上演している日に気付いたら、席を取っておこうか？　君の都合がつくのなら観にいってみよう」

思いがけない誘いに、一瞬頭が真っ白になる。あまりにさりげなく言われたから普通のことのように聞こえるが、若い男性が女性を誘っていることにかわりはない。混乱と戸惑いはあった。しかし、それ以上に喜びが勝る。

「……お願いします」

一拍置いてからはっきりと答えると、夕宵はほっとしたように表情を和らげた。それで気がついたのだが、彼は少し緊張していたようだった。

しばしのぎこちない空気が流れ、夕宵は「そうだ」と言って袖口《そでぐち》に手を入れた。直綴は平袖なので袖口を縫っていないが、その下に着ている袍《ほう》は袂《たもと》が袋状になっている。そこから彼が取り出したものは、掌《てのひら》に載るくらいの紙包みだった。

「宴席から離れるときに持っていけと渡されたのだが、よかったら」

紙包みを解いた翠珠は眸《ひとみ》を輝かせた。中に入っていたのは砂糖菓子だ。もちろん二十歳にもなって菓子だけでそこまで興奮しない。しかしその菓子は、彩も大きさも宝石のように美しい細工だったのだ。

「きれいですね。食べるのがもったいない」

「宮中菓子だから、見た目にも気を遣うんだろう。私はあまり食べないから、よかったらもらってくれ」

「ありがとうございます。友人にも見せます」

「いつまでももったいぶっていると、食べる前に傷んでしまうぞ」

そう言って夕宵はおおらかに笑った。

その笑顔を見た翠珠の胸は、砂糖菓子を頰張ったときのような甘さで満たされた。


太陽が西に傾きはじめた頃、翠珠と紫霞は芍薬殿を辞した。

二人並んで宮道を歩く。紫霞からは白粉《おしろい》とほのかな酒の匂いがただよっていた。

あのあと半刻《こく》よりも少し前に戻ったのだが、紫霞は「遅い」とややおかんむりであった。しかし翠珠が戻ったとき紫霞は高峻と親し気に話していたから、まったく理不尽だと思った。

「お目当ての舞踊はどうでしたか？」

「素敵だったわよ。あなたも一緒に鑑賞すれば良かったじゃない」

まだちょっと不貞腐《ふてくさ》れている。こうなるとさすがに翠珠も反発して、唇を尖《とが》らせた。

「いやですよ。お邪魔虫になるのは」

紫霞は歩きながら、横眼で軽くにらみつけてきた。酒と怒りでうっすら紅潮した頰と目尻《めじり》が初々しくも婀娜《あだ》めいている。

「彼とはそんな関係じゃないわ」

素っ気なく言うが、いくらなんでも無理がある。特に男女の機微に長《た》けているわけでもない翠珠でも、たがいに想いを寄せ合っていることが容易に見て取れる。夕宵も気づいていたし、呂皇貴妃もそうだろう。

しかしこの場でそれを追及するほど、野暮でも野次馬根性旺盛《おうせい》でもない。

はいはい、と言わんばかりに白けた顔をしていると、ふと紫霞は口調を改めた。

「彼のことは、いまでも好きよ」

聞き違えたのかと思った。

それまで不機嫌な態度でかわしつづけてきた本音を、まさかこんなあっさりと告白されるとは想像もしていなかった。予想外過ぎて言葉が出てこない。

驚く翠珠を一瞥《いちべつ》し、紫霞は正面に視線を戻した。化粧石を敷き詰めた宮道はまっすぐにはてしなく延び、左右は瓦《かわら》屋根の付いた塀に囲まれている。どこの殿舎のものかは分からぬが、秋風に吹かれた桂花《けいか》の芳香が鼻先をかすめていった。

「でも、再婚はない」

紫霞は断言した。

「なぜですか？」

「医師を辞めたくないから」

とっさに意味が分からなかった。結婚と医業が、なぜかかわってくるのか。どうしても晩婚にはなりやすいが、既婚の女医は大勢いる。勤務年数などさまざまな制限がある宮中女官に比べても比率的に高い。ただし離婚率も異常に高値ではあるが。

紫霞は名家令嬢であったので、太医学校に進むことを阻まれて結婚した。けれど夢を諦《あきら》めきれず、離婚をして太医学校に進んだ。その結果、婚家どころか実家からも絶縁されたと言っていた。

しかし年月が過ぎ、誤解やわだかまりは解けて、いまは穏やかな関係を築けていると聞いている。呂皇貴妃が和解したのだから、元婚家の呂家がいつまでも拒絶しつづけるわけにもいかない。こうなると紫霞の実家・楊《よう》家も歩み寄りを見せる。唯一連絡を取っていた母親を介して、少し前に長年の勘当が解けたと先日聞いていた。

「医官でも妻となっている方は、大勢いますよ」

「呂家がそんなことを許す家なら、私達は最初から離婚などしていなかった」

少し強い口調で述べたあと、紫霞は一拍置く。

「……もっともそれなら、最初から縁談自体が上がっていなかったでしょうね」

どこか恥じ入るような物言いだった。その意図は漠然としか分からない。

けれど発言の根拠は分かった。

呂家が嫁が外で働くことを認めるような家であれば、紫霞は婚家で心身を崩すまで追い込まれなかったし、高峻も妻を手放さずにすんだ。加えて実家の楊家が紫霞が医師となることを認める柔軟な家なら、そもそも呂家との縁談は上がらなかっただろう。

呂皇貴妃は高峻に紫霞との再婚を促している。不義を働いたという誤解が解け、彼女の才能や人柄を認めているからだ。おそらく呂家の人達も同じ考えだろう。

しかし紫霞が自らの名誉を貶《おとし》めてまでつかもうとした、生き甲斐《がい》への理解はない。そんなものよりも、妻であり母であることが重んぜられるべきだと悪意なく思っている。なによりもそれが女の幸福だと信じて疑っていない。だから紫霞の実家・楊家も娘の夢を一蹴《いっしゅう》して、恵まれた嫁ぎ先を探した。それが娘の幸福だと信じていたから。

その価値観は、こんな悶着《もんちゃく》を経ても変わらない。

高峻と再婚となれば、紫霞はとうぜん婚家に尽くすことを求められる。仕事をつづけることなど許されない。この杏花舎において紫霞は必要な人材で、彼女を頼る患者や同僚は男性医官に劣らぬほど多いというのに。

「同じ業務をこなしていても、男は粉骨砕身《ふんこつさいしん》すべきで、女は責任感もなく簡単に仕事を手放せると、世間のみならず雇用側も思っている」

毅然《きぜん》として紫霞は言った。苛立《いらだ》ちや批判などの感情はいっさいにじませず、ただ世に断固として存在するものを訴えている、そんな物言いだった。

胸にしみた。ちょっと裕福な程度の庶民として生まれ育った翠珠は、自分の夢と、恋や結婚を天秤《てんびん》にかけるなど考えたこともなかった。けれど紫霞にとってそれは切実な問題で、相手が呂家という名家の子息・高峻である以上は避けて通れない悩みなのだ。

「すみません。私が浅薄でした」

一礼して顔をあげると、紫霞は緩やかに首を振った。

「あくまでも私の個人的な問題だから。杏花舎の女子医官には、穏やかな家庭を営んでいる妻達は大勢いるでしょう。陳師姉《シージェ》とか――」

開業医の夫を持つ陳中士は三人の子供を持つ母親だ。家事は仕女に任せて、夫婦で家庭と仕事を切り盛りしている。既婚の女子医官はだいたいそうしているし、南州で開業している翠珠の母親もそうだった。

女医の大半は、裕福な庶民か医者の娘である。たまに夫との離別により一念発起してという者もいるが、それでも紫霞のような良家の令嬢は滅多にいない。女が家庭に入らず外で仕事を持つなど恥ずべきことという文化はいまでも世の大勢を占め、特に良家ではそれが根強い。

逆に言えば、ほとんどの女医はそれが許される環境で生まれ育ったのである。だから太医学校への入学を許された。翠珠はもちろん錠少士、譚明葉、夏氏、善氏もそんなことを憂う必要はない。

紫霞は特例中の特例である。

ならば彼女が言うように、彼女個人の問題として聞き流すこともできるだろう。他人《ひと》事《ごと》だから関係ないと割り切ることに、己が良心の呵責《かしやく》をまったく感じないというのならば――。

それは心が痛む。

けれど妙な義務感や責任感を持ったところで、自分になにができるのだろう？　翠珠が紫霞にできることは、無責任な励ましや同情ではなく、彼女の選択への共感しかない気もする。少なくとも――たがいに思いあっているのなら結婚するべきだ。本当に高峻を愛しているのなら、今度は彼のために紫霞が犠牲になるべきだ――などと自分に火の粉がかからない状況で口にすべき言葉ではない。

「李少士」

あらためて紫霞が呼び掛けた。彼女の眸にはわずかな困惑の色が浮かんでいる。

翠珠は怪訝《けげん》な顔をする。

「もしも私の勘繰りだったら、先に謝っておくわ」

「はい？」

困惑も含め、先に謝っておくなどという言葉もあまりにも紫霞らしくない。胸中に不審と不安を交えながら、翠珠は目の前の師姉の言葉を待つ。飲食によるものだろう。紫霞の口許《くちもと》は少し紅が乱れていた。

「鄭御史の実家も、呂家と似たようなものなのよ」

「あれ、李少士。今日はお休みでしょ」

詰所に入ってきた翠珠に、錠少士は驚いた顔で言った。もっともな反応で、翠珠は宴席と同じ衣装で入ってきたのだ。

「うん。でも思ったより早く終わったから」

「せっかくお洒落《しゃれ》をしているんだから、街にでも出てくればいいのに」

呆《あき》れたように言われて、翠珠は場違いな自分の装いを恥ずかしく感じた。

体裁を保つため、取り急ぎ作業用の白衣をつける。胸当てが着いた前掛けなので、職場にふさわしくない華やかな服装を隠してくれる。官服は官舎に置いているので、着替えることはできなかった。白衣と共布の覆いを琵琶袖《びわそで》に付け、撫子《なでしこ》の造花と簪《かんざし》はもちろん外した。

机に診療録を広げる。しかし文字を追うも、文章として中々頭に入ってこない。意識を集中させるのに、いつもより時間がかかっていた。

それだけ紫霞の言葉に動揺していた。

知らず知らずに育んでいた夕宵に対する感情は、ようやく言葉に置きかえることができるかという程度のもので、まだまだ心の深い部分にあった。それをいきなり鷲摑《わしづか》みに引きずり出され、明るみにさらされた。

負け惜しみではなく、昨日まではまだ恋という感情ではなかった。好意という程度にとどまっていた。彼の身分やその他の恵まれた条件を鑑《かんが》みれば、とても自分は釣り合う相手ではないと、心のどこかで冷ややかに割り切っている部分もあった。

そのいっぽうで、やはり素敵な人だという憧《あこが》れはあった。しかし憧れだけなら、無理に自制する必要もない。

それがほんの少し前に芝居に誘われてから、鐘を打つように心が大きく揺れた。無意識のうちに望んでいたから、嬉《うれ》しかったし浮かれた。

そこに紫霞のあの忠告だった。

紙面に指を置き、翠珠は息をつく。

あの指摘はだいぶ絶妙だった。鄭夕宵という選良を慕わしく思うことがどのような結果を招くのか、恋という感情に完全に育ちきる前に分からせてくれた。


——なにがあろうと、医師を辞めることはけしてできない。


自分の中に心柱のように強くある気持ちを、これほどはっきりと実感するとは思いもよらぬことだった。

翠珠は医家に育ち、物心ついたときから医師の道を志していた。だからなんの疑問もなく太医学校に入った。周りにも恵まれ、ここまで順調に研鑽《けんさん》を積んできた。毎日が充実していた。辛《つら》いこともあったが、辞めたいと思ったことは一度もなく、すべて医師として乗り越えねばならぬ山としか思わなかった。

太医学校、官立医療院、そして宮廷医局。足掛け七年に及ぶ学びと経験。梨花殿の河嬪。山茶花《さざんか》殿の青巒長公主。そして先日亡くなった、梅花殿の呉太監。医術の力でどうにもできなかったからこそ、彼らの悲劇が、おのれの志が天命であるという自覚を、翠珠の心に育んでいたのだ。

唇をきゅっと結び、未練がましく残る感情を振り切ろうと試みる。しかしいくら言葉ではそう思っても、実際に塵《ちり》のように捨てることなどできないから、余計なことを考えないように目の前の仕事に集中するしかない。

「李少士」

聞きなれぬ声に、翠珠は顔をあげる。

詰所の内暖簾《のれん》をくぐりぬけて入ってきたのは、貞女子医局長だった。五十代半ばほどの婦人の官服は他の大士と同じ紫の比甲だが、長官の証《あかし》である銀製の佩玉《はいぎょく》を下げている。医官局での最上位は銀で、地位の高い局の長官には玉や金が用いられている。

滅多に来ない人の来室に、翠珠と錠少士はさすがに緊張する。高飛車でも気難しい人でもないが、下位の少士との接点は少ない。栄賢妃の担当をしているので、なにかあったら尋ねると紫霞には言ったが現状その機会はなかった。

「休みだと聞いていたけど、来ていたのならちょうど良かった。栄賢妃様のことで、ちょっと伝えておきたいことがあります」

紫霞と翠珠が同時に休みを取ったので、なにかあれば貞医局長に話が行く手はずになっていた。なにもなければ調剤室で煎《せん》じたその日の薬を、受け取りにきた菊花殿の者に渡しておわりだった。

「急変でも？」

「そうではありません。晏中士とあなたの立てた弁証は正しいし、治療方針には私も賛成です。けれど今日の栄賢妃様を拝したかぎりあまりお変わりがないようなので、まだ日が浅いから様子を見てもよいけど、基本の処方はこのままで生薬の配分を少し変えてみたらどうかと思って」

処方薬は、それぞれ個の働きを持つ生薬が複数配合されている。なにを治療の主目的におくかでその分量が変わってくる。この貞医局長の提案は、その調整をしてみようということだった。

「分かりました。どのような変更をなさったのですか？」

翠珠の問いに、貞医局長は折りたたんだ紙を渡した。処方箋《しょほうせん》であろう。

「いま煎じさせているから、宮人に持っていかせるわ。この時間なら夕方の服用に間にあうでしょうから」

「私が持ってゆきます」

翠珠が名乗りを上げると、貞医局長は苦笑した。

「本当なら今日は休みのはずでしょ。菊花殿は遠いし、これぐらいのことなら宮人に任せなさい」

「いえ、せっかくですから。それに味や匂いが少しでも変わっていたら、栄賢妃様に余計な疑念を抱かれかねませんので、私がきちんと説明をします」

「基本の処方は同じだから、そんなに変化はないはずですよ」

なだめるように貞医局長は言うが、それでも翠珠は引かなかった。

結局勢いで押した翠珠が、菊花殿に薬を持ってゆくことになったのだった。

製薬室で受け取った薬缶《やかん》を持って、翠珠は菊花殿にむかった。

長い宮道を進みながら、ひたすら栄賢妃のことばかり考えるようにした。そうしなければすぐに夕宵のことを考えてしまいそうだったからだ。

自分の根幹はなんなのかと問われれば、医師であるという答えしかない。

翠珠のこれからの人生は、医師としてこの世に生きることである。救えなかった患者のために、けしてこの道を諦《あきら》めてはならない。

西六殿の宮道を進む。栄賢妃が嬪の時代に住んでいた芙蓉殿。

宿痾《しゅくあ》という悲劇に見舞われ後宮を去った寵妃《ちょうひ》・河嬪が住んでいた梨花殿。

幼さゆえに現実を恐れて逃れようともがいた礼侍妾《れいじしょう》が住んでいたのは、紫苑殿だ。いまは殿舎の主《あるじ》である孫淑妃の移動に伴い東六殿に移っているが、寵愛も厚く穏やかに過ごしていると聞いている。

これらの各殿から胡貴妃の住む梅花殿を抜けたあと、とうとう西六殿最北に位置する菊花殿に着いた。

門をくぐって回廊を進んでいると、虹鈴が院子《にわ》を横切って歩いてきていた。蓋付《ふたつ》きの碗を載せた盆を、顎《あご》よりも少し低い位置に掲げて慎重な足取りで運んでいる。時間帯と器の大きさから、栄賢妃への薬を運んでいるのだと察した。ものすごく緊張した顔をしている。もしも零《こぼ》したり、その結果として碗を割ったりしたら、厳しく叱責《しっせき》されてしまうだろう。

「虹鈴」

翠珠が呼び掛けると、虹鈴は足を止めた。翠珠はそのまま足を進め、彼女のそばに近寄った。

「それは栄賢妃様のお薬？」

「あ、はい」

「だったら持って行かなくていいわ。夕方から別のお薬を飲んでいただくから」

ひょいと持ち上げた薬缶を、翠珠は反対の手で指差した。虹鈴はきょとんとして見上げている。

「え、でもまだ三、四日しか……」

「ちょっと生薬の配合を増やしただけで、基本の処方は変わっていないのよ。だから匂いとか味も一緒だと思うわ」

「……一緒ですか？」

「うん、ほら嗅《か》いでみて」

そう言って翠珠は薬缶の蓋を開けて、虹鈴の顔に近づけた。煎じ薬独特の匂いがぶわっと立ちこめると、虹鈴は露骨に顔をそむけた。

（え、そんなに臭い？）

意外な反応に翠珠は戸惑う。確かに癖はあるが、臭気というほどではない。そもそも煎じ薬などみなそんなものだし、虹鈴もその薬を温めてきたところではないか。

「あ、ごめんね。苦手だった？」

あわてて蓋を閉じて、薬缶を背中の後ろに回す。一日中煎じ薬の匂いがしている杏花舎にいるので気にもしていなかった。

虹鈴は恐縮したように頭を下げた。

「こちらこそ、失礼なふるまいをして申しわけありません。その、実は昔から薬の匂いが苦手で」

「そうだったの。でも、それなら薬を温めるのは大変だったでしょう」

「そのときは離れますから……」

つまり、いきなり薬缶を鼻先に持って行ったのがまずかったようだ。これは申し訳なかったと反省したあと、ふとある違和感に気がつく。

──匂いが苦手なのに？

翠珠はあらためて、虹鈴が手にした薬碗を見る。白磁に雁《がん》が描かれている。両の掌《てのひら》に収まる程度の大きさで、茶杯より一回り大きい。蓋は揃いの白磁である。保温や異物混入を防ぐために用いられるが、匂いを防ぐ効果も多少はあるだろう。

——けれど、もしかしたら。

人としては見逃してもよい。けれど医師として無視できない。それにここで見逃したところで、どうせこの薬を持っていったらばれる。虹鈴が露見させたくないと願うのなら策が必要だ。

翠珠はひとつ息をつく。

「じゃあ、そっちの薬は杏花舎に持って帰るわ」

「え？」

「無駄にするのはもったいないでしょ。薬缶に戻しておいて。帰りに持ってゆくから」

大嘘である。煎じ薬は一日過ぎると薬効が落ちる。朝に煎じた薬は、その日に飲み切ることが鉄則だ。翌日になって誰かに回すことはしない。そもそも栄賢妃のための処方だから、他者には適応しない。

虹鈴は顔を強張《こわば》らせた。それでもなんとか表情を取りつくろい「分かりました」と答えた。

「では、戻してきますね」

「うっかり零したと言っても、新しい薬がいままでのものと味や匂いがちがうことはすぐにばれるよ」

声を低くして翠珠は言った。周りに聞かれたら悲惨なことになりかねない。

逃げるように踵《きびす》を返しかけていた虹鈴の顔が、瞬く間に青ざめる。その隙に翠珠は盆の上から薬碗をさっと奪う。あ、と声をあげる虹鈴をよそに、蓋を外す。ちなみに薬缶は柄の部分を手首にかけて保持している。

碗の中はぱっと見には煎じ薬のように見える、紫砂《しさ》色とも褐色ともつかぬ液体で満たされていた。翠珠は鼻を寄せて匂いを嗅ぐ。煎じ薬とはあきらかにちがう、しかし同様に慣れた香りが鼻をかすめる。

「これは、ただの黒茶よね」

翠珠の指摘に、虹鈴は恐怖で顔を歪《ゆが》めた。それはそうだ。こんなことが露見すれば杖《じょう》刑《けい》どころでは済まない。杖刑だったとしても、命にかかわるほどの回数が科される。なにしろ主の薬をすりかえていたのだから。

煎じ薬の匂いが苦手な者が、あんな顔に近い位置で碗を運ぶわけがない。

そのことに疑問を覚えたあと、すりかえに思い至るまではすぐだった。

あんのじょう、ちょっと鎌をかけたらすぐにぼろを出した。運ぶときにやたら緊張していたのも、中身をすりかえていたのならとうぜんだろう。そもそも薬碗を割ったりしたら、彼女の立場では厳しく叱責される。

虹鈴は無言のまま俯《うつむ》いた。もはや言い逃れはできないと思ったのか、それとも弁明の言葉がとっさに出てこないのか。

とはいえ薬碗の中身が毒ではなく茶だと判明した段階で、翠珠に事を荒立てるつもりはなかった。だからこそ周りをはばかって、低い声で問いつめたのだ。

「回復して欲しくなかったのね」

主語を省いたのは、万が一誰かに聞かれたときのことを考えてのものだ。栄賢妃に回復して欲しくなかったから薬をすり替えたのか？　などと問い詰めて、それが誰かの耳に入ったりしたら、虹鈴を助けることはもはや不可能である。あたりに人の気配はないが、菊花殿には大勢の者が仕えているから誰がどこで聞いているか分からない。

虹鈴は喉《のど》を震わせた。

「先日、李少士と桃女官がお話ししているのを聞いて――」

一昨日、栄賢妃の病について蓉茗と話したあと前庁に入ると、虹鈴がいた。あのときは偶然だと思ったが、扉越しに立ち聞きをしていたというわけか。

「そのときに、大人しくなったのは病のせいだとおっしゃっていたから……」

立秋の頃から栄賢妃は活気を無くしていた。それに伴って酷なふるまいもなりをひそめていった。であれば、奴婢《ぬひ》達が栄賢妃の回復を望まぬのもとうぜんだろう。特に集中的に虐げられていた虹鈴には切実だったはずだ。

ただし、それは正しい理解ではない。そもそも立ち聞きなどから正確な情報が得られるわけがないのだ。

「でも彼女は、患っているのよ」

翠珠は言った。

「怒りっぽいことも含めて、彼女が異常なほどに感情が不安定なのは、おそらく病のせいなの。だからあなた達が安心して仕えるためにも、治療をしなければならなかったのよ」

虹鈴は目を見開く。そういえば彼女がいつから栄賢妃に仕えているのか知らない。翠珠と同じように懐妊以降のふるまいしか知らなければ、もともとそんな性格の人間としか思わないだろう。

「病だなんて、そんな言い訳……もとから残酷な方だったに決まっています」

虹鈴は声を絞り出した。恨み骨髄に徹する。まさしくそんな物言いだった。

虐待を受けていた当人としては、いまさら、あれは病だったから、などと説明をされても納得できるわけがない。原因がなんであろうと、被害を受けた者が痛手をこうむったことに変わりはない。

そのうえで医師として、虹鈴の行いを肯定するわけにはいかなかった。

「そうかもしれないけど、病が時として人格すら変えてしまうことは本当よ。肉体的な苦しさから変貌《へんぼう》することもあるし、精神そのものに影響を与える病もあるの」

きっぱりと翠珠は言った。

虹鈴に対する同情や哀れみはある。しかしここでそれを示すわけにはいかない。

理由がなんであれ治療を妨害しようとした彼女には、しっかりと現実を告げなければならない。

「おそらく栄賢妃様は、長期にわたって癭病《えいびょう》（甲状腺《こうじょうせん》に関与する病）を患っておられる」

癭病は咽頭《いんとう》隆起に、主な病因をなす疾病である。

症状や病態には幅があり、気癭《きえい》、肉癭《にくえい》、癭癰《えいよう》、石癭《せきえい》などに分類される。昨年の梅雨頃にあきらかになった、呂皇貴妃が患っていた癭病もここに含まれる。

癭病は婦人に多い病であるが、そのいっぽうで症状を呈さない者やごく軽度であったりなどで見逃されてしまう者も多い。実際に罹患が分かっても、症状が出なければ積極的な治療の対象にはならない。しかし精神の不安定や身体状況の変化が、症状を顕在化させるきっかけになる。

婦人の場合、そのさいたるものが妊娠である。

妊娠によって癭病が悪化した栄賢妃は、常軌を逸した癇癪《かんしゃく》を起こすようになった。しかしもともとの性格と、なにかと精神不安になりやすい妊娠中ということで、不審も持たれずに受け入れられた。要するに、もとから褒められた性格でなかったことはまちがいない。

癭病はその病変によって、対照的な症状を呈する。

機能が過剰になると、瘦《や》せや多汗、動悸《どうき》、手足の震えなどの身体症状に加え、不安やイライラなどの精神症状も表れる。昨年癭病を患っていた呂皇貴妃が悩まされていた症状に合致する。

逆に低下すると、むくみや肥満、便秘等の身体症状。精神症状では、抑うつな傾向となり、倦怠《けんたい》感や無気力を強く感じるようになる。現状の栄賢妃はこちらの症状が強く出ている。

この双方の症状が、病の進行や回復の過程で別々に出現する場合がある。

栄賢妃の性格の変貌は、これまで症状として出てこなかった癭病が、妊娠によって顕在化したもの――そう翠珠達は判断したのだ。

ゆえに栄賢妃が心身共に本当の元の状態に戻ることを期待して、医師達は投薬を開始した。だというのに――翠珠は眼差《まなざ》しをきつくした。

「あなたはそれを阻もうとした」

「私、そんなつもりじゃ……」

虹鈴は声を詰まらせる。喉の奥を震わせてなにか言おうとしたようだが、ぐずぐずと繰り出される恨み言ばかりで、説得力のある理論的な弁明の言葉は出てこなかった。

たとえ翠珠に見咎《みとが》められなかったところで、こんなことがいつまでもつづけられるはずがない。結果から今日までの薬の世話を虹鈴が務めていたのだろうが、他の者が扱って栄賢妃に薬を提供したら、味のちがいで即座に露見する。少し考えれば、そんなことはすぐに分かるだろうに。

腹立たしさと哀れみがない交ぜになり、いつしか翠珠の目には冷ややかな光が浮かんでいた。日頃親切だった翠珠のそんな眼差しに、驚愕《きょうがく》したのか虹鈴はその場にへたり込む。翠珠はさすがに眼差しをやわらげ、静かに告げた。

「とにかく正直に話しなさい。そして二度とこんなことをしないと誓うのなら、できるだけ穏便に済ませる方法を考えるから」

「それでは道理が通らないわ」

きっぱりと蓉茗は言った。

まあ、そうだろう。翠珠は最初から覚悟していた。

あれから虹鈴には仕事に戻るように言って、なにくわぬ顔で栄賢妃を訪ねた。薬を服用させると、これまでと味がまったく違ってひどく飲みにくいと文句を言われた。そりゃそうだ。前まで飲んでいたものは、煮詰めてだいぶん濃くまずくはしたが、ただの黒茶だったのだから。

少し処方を変えたと説明をして納得してもらったが、これが少し前のかみついてくるままの気質だったら、とうていこれでは終わらなかっただろう。そもそも処方が変わることは、貞医局長から説明を受けているはずなのだが。

そんなこんなで栄賢妃をかわしてから、話があると蓉茗に声をかけた。人に聞かれては困るのだと言うと、自室に入れてくれた。官位を持つ彼女は狭いながらも個室を持っている。

格子窓から差しこむ西日が厳しい以外は、こぎれいで過不足のない部屋だった。正方形の卓と椅子、部屋の隅に置いた長櫃《ながびつ》はすべて樺《かば》細工。火炕《かこう》は寝台を兼ねたもので、昼の時間なので布団を端に寄せてある。

そこに横並びに座り、翠珠は虹鈴が薬をすり替えていたことを告げた。そのうえで期間は三日にも及ばぬこと、毒物ではなかったことを理由に黙認できないかと訴えたのだが、道理が通らないの一言で一蹴《いっしゅう》された。

「もしも罪があきらかにされたら、虹鈴はどうなるの？」

「わからない」

蓉茗はそっぽをむいたが、どう考えても過酷な量刑が科されるだろう。最悪処刑されても不思議ではない。殺せとまで言われずとも、結果的に死につながるほどの肉刑もありうる。

態度から察するに、蓉茗とて本音では見逃してやりたいのだろう。栄賢妃がまったく気づいていないのだから、なおさらである。

しかし翠珠が真実を告げてしまったから、女官の立場として見逃すこともできない。道理が通らない。だから栄賢妃に報告するとしか、彼女の立場では言えない。

蓉茗は親指を口許《くちもと》に持って行き、ぎりっと爪を噛《か》むような所作をした。そして聞こえるか聞こえないかぐらいの声で、ぼそりとつぶやいた。

「……なんで私に教えるのよ」

「私だって、こんなことを一人で背負い込むのは嫌だもの」

蓉茗は親指を離した。怒りと呆《あき》れが入り混じった顔で翠珠を見る。ひるまずに翠珠は返した。

「それに真相を知っているのが私一人となると、追いつめられた虹鈴が私になにかしないともかぎらないでしょ。でも桃女官までもが知っているとなれば、さすがに諦《あきら》めて大人しくしていると思うのよ」

「…………」

「だったら栄賢妃様に報告しろってことだけど、結果や動機を考えれば予想される処分がさすがに酷だと思う。私達二人が知っているとなれば、あの娘も二度とこんな真似はしないと思うから」

だから今回だけ、なんとかしてやれないかと翠珠は言った。しかしその物言いが淡々としてあまり切実でもなかったからか、蓉茗は真意を疑うような顔をしていた。

「困るわ」

蓉茗は言った。

「ほんと、黙っていたら良かったじゃない。なんで言うのよ」

だから理由は言った。とても利己的なので、申し訳ないと思う。その一方で菊花殿の女官である蓉茗も、傍観者のごとく『巻きこまないで』とは返せる立場にはない。

蓉茗は頭を抱えこんだ。

「そりゃ私だって見ないふりをしてあげたいわよ。でも……もしも露見したときのことを考えたら危険すぎるわ」

確かにそんなことになれば、罪人をかばったとして蓉茗も翠珠も処分が下される。そんな恐怖を抱えながら、心穏やかならざる日々を送るのはごめんである。それでなくても緊張を強いられる宮中の生活なのに。

「私だって、見ないふりをしてあげたいよ」

翠珠は言った。

そうだ。見ないふりをしてきた。ずっと前から気づいていたけど、露見すれば彼女がどんな罰を科されるか分かっていたから。そしてそれがあまりにも理不尽だと憤ったから、自分の胸に収めていたのだ——河嬪のときのように。

河嬪の件を、夕宵が共有してくれたのは本当に幸いだった。一人で抱えたのなら、矛盾と正義感、そして良心の呵責《かしゃく》などもろもろが重なって心が折れていたかもしれない。あの件を耐えられたことで、人を巻き込んでも自分の心を保つ術《すべ》を覚えた。

冷ややかな翠珠の物言いに、蓉茗は怪訝《けげん》な顔をする。虹鈴の件にかんして同情をひくつもりなら、こんな口ぶりにはならない。

あたりまえだ。翠珠がここまで見ないふりをしてきたのは、虹鈴のことではない。そんなことができるはずがない。虹鈴の罪を知ったのは、つい先ほどなのだから。

「え？」

蓉茗は不審げに眉《まゆ》を寄せた。翠珠はまっすぐに蓉茗の目を見つめた。涼し気な眸《ひとみ》の奥に、不安の色が見え隠れしている。

「蛇串瘡《じゃせんそう》、患っているよね」

蓉茗の息を呑《の》む気配が、はっきりと伝わった。

彼女はうっすらと唇を開き、呆然《ぼうぜん》として翠珠を見つめる。驚きのあまり言葉がなにも出てこない。

まったく身に覚えがないのなら、即座に否定するだろう。なにしろ一時期は、胡貴妃の蛇串瘡が原因で第五皇子が水痘《すいとう》を発したと騒がれていたのだから。菊花殿において蛇串瘡の罹患《りかん》があかるみに出ることは命にもかかわりかねない。そうだ。身に覚えがないのなら、真っ先に否定する。

しばしの間をおいてから「なにを……」と蓉茗は言った。苦し気な声だった。

翠珠は首を横に振った。

「あの時期の発症なら、見た目にはもう治っているでしょ。ただこじらせて、痛みが継続しているんじゃない？」

蓉茗の顔が強張《こわば》った。

蛇串瘡は発症時の痛みは激しいが、順調に回復すれば治癒に至る。しかし皮疹が消失した後も、疼痛《とうつう》が何か月も継続する患者が一定数存在する。

「患部は右足の太もものあたりでしょう？　栄賢妃様がお茶をかけたとき、赤くなっているのが裙《くん》から透けて見えた。最初は火傷《やけど》かと思ったけどね。でも蛇串瘡の後遺症で足が痛いから、洛延に引っ張られたときに踏ん張れなかった。それに眠れていないというのは、暑さではなく痛みのせいでしょ？」

翠珠の指摘に蓉茗は反論してこない。肯定しているのか、それとも反論の策を練っている最中なのか。

それも手であろう。なにしろ経過時間から考えて、蓉茗の肌に蛇串瘡を証明する痕跡《こんせき》はすでにないであろうから。多くの患者がそうであるように、ただ目に見えない痛みに苦しめられている。

辛《つら》かっただろう。

病そのものを隠しているから、杏花舎で診察を受けることもできない。蛇串瘡の痛みは、時には夜も眠れないほどに患者を苦しめるというのに。

「里帰りを望んだのも、本格的に治療をしたかったからじゃないの？」

蓉茗は目を見張った。

故郷であれば、さすがに菊花殿にまで伝わることはない。そもそも蛇串瘡は人に隠すような病ではない。いや、いかなる病であれ、人に知られることを憚《はばか》って治療がおろそかになるなどあってはならないのだ。

蓉茗はまじまじと翠珠を見つめる。いつしかその眸からは不安の色が薄れ、諦観《ていかん》と安堵《あんど》が濃くにじみつつあった。

やがて蓉茗は嘆息する。

「つまり、取引ってことね」

「そうね。虹鈴のことを黙っていてくれるなら、私もあなたのことを口外しない」

「分かった。応じる」

短い言葉で断言したあと、蓉茗は呆れたように笑った。

「ほんと馬鹿じゃないの？　そんなことをかぶって、あなたになんの得があるのよ」

得はないが、良心の呵責に苛《さいな》まれながら過ごすよりだいぶましだ。

おそらく蓉茗も似た感情なのだと思う。なぜなら彼女がその気になれば、蛇串瘡の罹患を否定することはできたからだ。皮疹という痕跡が消失し、症状が痛みだけなら隠し通すことはできる。

けれど蓉茗はそれをせずに、早々に白旗をあげた。

無抵抗の理由はいくつか考えられる。ひとつは蓉茗自身も、本音では虹鈴をかばってやりたかったからだと思われる。発言の節々にそんな思いがにじみでていた。

そしてもうひとつ考えられる理由は——。

「お願いがあるの」

蓉茗は言った。

「なに？」

「私の治療をして欲しいの」

これはまた開き直ったものである。保身のためにここまで隠し通していたが、これぞ幸いといったところか。

しかし治療を行うにしても、蛇串瘡という病名を隠し通さねばならない。蕺《どくだみ》や小連翹《しょうれんぎょう》のような安価な薬草で済むのなら、個人的なやりとりとして診察や処方そのものを隠すことができる。

しかし薬局で管理している高価な生薬を使うのなら、診療録に病名や経過を記載しなければすぐに露見する。自分のわずかな経験値からの推測だが、おそらく前者の薬草での治癒は厳しい。

「ひとまず脈を診せてちょうだい」

翠珠の要求に蓉茗は腕を出した。脈診を行ったあとに舌を診る。

痛みが長引く蛇串瘡後遺症の典型な所見で、診断に迷うこともなかった。

「杏花舎に戻って薬を用意するから、あとで誰かに取りにこさせて」

蓉茗の顔にたちまち安堵《あんど》の色が浮かぶ。この反応だけで、いままでそうとうの苦痛を我慢していたことが伝わる。

「でも大丈夫、ばれない？」

自分から望んだくせに、蓉茗はちょっと不安な顔をしている。

予想はしていたが、やはり薬局が管理している生薬を使わねば、手には負えそうもない。そうなるとどうしても診療記録は必要だ。

「大丈夫、うまく書いておくから」

胸を張って翠珠は言った。

今回の治療方針は、理気活血《りきかっけつ》。血と気の流れを良くすることで、痛みをはじめとした諸症状を改善する。蛇串瘡がなくとも月経などの影響で、女性は血と気が滞りやすい。だからごまかすことはできるだろう。

「痛みは数日前から出現したということにしておくわ。皮膚症状が消えているから、気の滞りと瘀《お》血《けつ》による痛みだと書いていれば、何ヶ月も前に発症した蛇串瘡までは誰もたどりつかない」

こうなると、蓉茗が隠し通していたことが幸いに働く。皮膚症状が著明な頃に彼女が考えずに診察を受けていたら、蛇串瘡という診断を下さざるをえなかった。

そうなればいくらお気に入りの女官相手とはいえ、栄賢妃がどんな反応をするか想像するだけでぞっとする。もちろんこれは結果論で、いかなる病でも早期治療が望ましいことはまちがいない。

「気の滞りと瘀血？」

「月経もだけど、精神的な緊張や不安が原因になる場合が多いの。だから菊花殿にいるかぎり、なるほどなあと納得してくれるわよ。あ、それと虹鈴がなにか粗相をしないように責任を持って監視していてね。露見したら三人とも破滅かもしれないからね」

一気にまくしたてる翠珠に、蓉茗は呆《あき》れ半分感心半分という顔で言う。

「よくそんな平気な顔で言えるわね。あなたは完全に巻きこまれたわけで、告発してしまえば自分に害は及ばないのに」

確かにその通りだが、それで生涯心の痛みを抱えて生きるのはごめんである。

一年前、河嬪の件を隠し通すと決めた段階で、翠珠が貫きたい正義はその方向ではなくなっているのだ。

蓉茗は一度口ごもり、思いきったように口を開く。

「まだ、間に合うよ」

保身よりも翠珠への申し訳なさが上回ったのか。虹鈴を突き放しきれないあたりから考えても、結局彼女も非情になりきれない人間なのだ。

同情から少し迷ったけれど、やはり道理を貫くために報告したとすれば、翠珠だけは罪を問われない。

けれどそんなことをすれば、蓉茗と虹鈴には厳しい処分が科せられる。翠珠からすればあまりにも過酷である。特に蛇串瘡の罹患を理由に罰せられるなど、医師としてけして納得できることではない。

翠珠はゆっくりと頭を振った。

「平気よ」

「でも……」

「経書通りの正義や道理が大切な人間なら、最初から女医にならない——誰かの妻となって婚家に仕えているよ」

自らが口にしたその言葉が、濃い霧の中に灯《とも》った明かりのように、進むべき方向を示してくれた気がした。


薬を飲むようになってから、栄賢妃の症状は顕著に改善していった。

心身のどこが良くなったというより、まず倦怠感《けんたい》が軽減した。すると身体を動かす気力も出てきて、そうなると食欲もわいてくる。

寝台から離れるようになると、自然に身なりにも気を遣う。いつしか栄賢妃は元の華やぎと活気を取り戻し、先日は長らく欠席していた『百花の円居』に参加を果たしたのだという。

なによりの朗報は、栄賢妃が以前のような病的な癇癪《かんしゃく》を起こさなくなったことだ。蓉茗が証言していた、入宮時の性格を取り戻しつつあるということのようである。世辞にも人格者とは言えないが、以前のように些細《ささい》なことで激怒したり、下の者を虐待するような暴力的なふるまいは見られなくなった。

栄賢妃の極端な性格変容は、やはり病によるものだったと。これでそのことが証明できたと翠珠は考えるのだが、まだ気鬱《きうつ》から回復しきれていないからだと疑っている者も少なくないようだった。それはもう、このあとの経過に委ねるしかない。

　幸いにして当時の栄賢妃を知っている者は、元に戻ったと安心している。

　蓉茗はその一人である。その日、翠珠を訪ねて杏花舎まで来た彼女は朗らかに言い放った。

「いやあ、良かった良かった。ただのわがままに戻ってくれて」

「聞こえるわよ」

　翠珠が諌《いさ》めると、蓉茗は唇を尖《とが》らせる。

「ここなら別に心配することもないでしょ」

　確かに、いま部屋にいるのは二人だけだから、蓉茗の気も緩もうというものだ。

　庭木が赤く色づきはじめる、寒露の少し前。煎《せん》じ薬を作るために常時火を使う調剤室は、この時季あたりからぐんっと過ごしやすくなる。

　後宮のために杏花舎で煎じた薬は、基本は各殿の者が取りに来る。距離があるのでたいていは奴婢《ぬひ》の仕事だが、今日は受診もかねて蓉茗がやってきたのだ。

「それで、あなたのほうはどう？」

「おかげさまで、だいぶ和らいだわ。朝晩の冷えたときとか、ちょっと疲れたときにたまに痛むぐらいで、なんともないときのほうが多い」

「それならよかった」

「こんなことなら、もっと早く相談すればよかった」

「調子いいわね」

もっともあの状況で発症したら、誰だって必死で隠そうとする。

だから翠珠もけして口外しない。診療録にも気滞と瘀血による疼痛《とうつう》と記しているのみで、蛇串瘡の既往にかんしては一文字も記していない。

翠珠は御史でも判事でもないから、診察に必要な真実にしか興味はない。なにが正義なのかを裁く立場にもない。真実に目を瞑《つぶ》っても、ある程度は自分の良心に従って動くことができる、ただの医官である。

とはいえ――いや、だからこそ、それが一方的な偽善にならないように注意をしなければならない。

「それで結局、お休みはどうするの？」

翠珠は尋ねた。驚いたことに、従妹《いとこ》の結婚式は本当の話だったのだ。てっきり休みを取るためのでまかせだと思っていたのに。

「行かないわよ。いまの栄賢妃様をほうっておけるはずがないでしょ」

きっぱりと蓉茗は言った。

「後宮での立場を維持するための、いまがまさに踏ん張りどころだからね。そりゃだいぶ失態を犯したけど、病だったという言い訳も見つかったから、ここからふるまいを戒めれば、第五皇子の母として四妃にふさわしい扱いを受けることはできる」

獲物を狙う猛禽《もうきん》のような目で、蓉茗は言った。

意外な主張に翠珠は驚く。というのも一時期など、蓉茗が泥船から逃れるように、菊花殿から離れる術《すべ》を検討していると思っていたからだ。

「忠義者ね」

「そりゃあ忠義を尽くせば、それだけ私の女官としての評価が上がるんだから。そうなったら希望を出していた、六局のどこかに引き抜いてもらえるわ」

「あれ、本命はそっちだったの？」

「そうよ。できるなら尚宮か尚儀。でも六局ならどこでもいい。最終的にはそこの長に就くことが私の目標よ」

野心を隠すことなく語る蓉茗の眸《ひとみ》は、きらきらと輝いていた。

奸計《かんけい》や策略を練るのではなく、自らの評価を上げるという、正当な手段で上り詰めようとする姿は見ていて気持ちがよい。

「いいなあ、かっこうよくて惚《ほ》れ惚《ぼ》れする。応援するわ」

「ありがと」

蓉茗は親指を立てて、拳《こぶし》をぐっと突きつけて見せた。くすっと笑ったあと、翠珠はあらためて言った。

「でも従妹の結婚式は行ってもよかったんじゃない。吉事なんだし」

「まっぴらごめん。行ったってどうせ親戚《しんせき》や近所連中に、行き遅れと嫌みを言われるだけだもん」

どこも同じだと翠珠は苦笑した。もっとも女官は独身が前提で採用されているし、年季が明けるまでは結婚できない条件というのは周知のことだから、女子医官と同じ感覚で嫌みを言うのは理不尽ではある。

「従妹は十六なのよ。こっちは年季を終えたら二十代半ば。そんな薹《とう》が立った女に良い縁談は望めないとか小馬鹿にして、ほんと腹が立ったらないわ」

これまでの鬱憤《うっぷん》をぶちまけるように、荒々しく蓉茗は言う。

自分はそこまでひどいことを言われたことはないが、それが二十歳を過ぎても嫁に行かない女に対する世間の見方なのだろう。

「だから、いずれ宮中の高位高官と結婚して、あいつらに目に物を見せてやるつもりなの」

これまでとは毛色がちがう野望だが、猛禽のような目は変わらずだった。どこまで本気かは分からぬが、まったくの冗談というわけでもなさそうである。ちなみに女官は家柄そのものは悪くない者がほとんどなので、高官の妻は必ずしも高望みではない。さすがに尚書《しょうしょ》のような最上級の高官は釣り合わないだろうが。

「……六局の長官を目指すんじゃなかったの？」

「そうよ」

あっさりと蓉茗は肯定した。戯言《ざれごと》やその場のノリだろうとは思ったが、現状の自分の背景もあって、つい翠珠は突っこんでしまった。

「高位高官の妻になったら、出仕を続けるなんて無理でしょ」

「私の仕事ぶりが上の方々に求められるものであれば、たとえ夫だって辞めさせることはできないでしょ」

あたかも自明の理のように蓉茗が言った言葉に、翠珠は虚をつかれる。

蓉茗は「そうでしょ」と言わんばかりの得意げな眼差《まなざ》しをむける。苦し紛れの言い訳などではなく、かねてよりの考えを口にしたという自然な物言いであった。

確かに蓉茗が宮中にとって必要不可欠な優秀な女官となり、それこそ帝《みかど》や皇后が引き留めるほどの存在になれば、たとえ夫や婚家がなにを言おうと彼女を辞めさせることはできない。

紫霞と蓉茗の年齢差もあろうし、なにより環境差は大きいだろう。紫霞は結婚により夢を諦《あきら》め、その抑圧から心身の不調にまでいたった。自分の経験を鑑《かんが》みて、紫霞が翠珠を心配するのは師姉《シージェ》としてとうぜんのことだった。彼女の思いが厚意であることは疑いようがない。

対して蓉茗は、最初から夢と結婚を両立させる手段を考えていた。そこには両者の家柄の差はあるのだろう。しかし──。

(時代って、変わりはじめている?)

疑問と疑念が同時に思い浮かんで、自分で判断がつけられない。しかし蓉茗のいまの言葉はまちがいなく、それまで頑《かたく》なだった翠珠の心にわずかな亀裂をもたらした。

それからすぐに蓉茗は、栄賢妃と自分の薬が入った食籠《じきろう》を手に戻っていった。

見送りに回廊まで出た翠珠は、彼女の背中が見えなくなったあともぼんやりと内院《なかにわ》の景色を眺めていた。

近頃は朝晩が冷え込むせいか、庭木の毛果槭《もうかせき》はずいぶん紅葉が進んでおり、七分ほど赤く染まっていた。花壇の紫菀《しおん》は薄紫の花をまだ残しているが、そろそろ収穫時期だろう。地上部が枯れはじめる頃に、根を掘りおこして日干しにしたものが生薬になる。

郊外に巨大な薬草園があるのだから、内院には鑑賞用の花を植えてもよい気がするのだが、杏花舎の前栽《せんざい》はそのほとんどが薬用植物である。最初は偶然かと思っていたが、虹鈴の件を経て、医官達の良心による結果なのだと察するようになった。

ままならぬ世に抗《あらが》うための、医師達の優しさ。

理不尽な道理や正義をかわす術は、知恵を働かせれば見つからぬこともない。

──なんとか、やっていけそうだ。

ふっと肩の力が抜け、翠珠は表情を和らげる。

紫菀の収穫は、下働きの粘《ねん》さんがやってくれる。杏花舎に長く仕える老爺《ろうや》である。

しかしそのあとの処理は若手医官の仕事である。霍少士や今年入った研修医達と日取りの相談をするか。そんなことをぼんやりと考えていた翠珠は目を瞬かせた。

薄紫の紫菀の茂みの向こうから、夕宵が歩いてきたからだ。

それまでむっつりとしていた彼は、その眸に翠珠の姿をとらえると、たちまち表情を和らげた。自分や蓉茗と二つしかちがわぬ若々しいその面差しに、もやもやした感情が瞬く間に霧散して心が晴れる。

彼もまた、変わってゆく時代を生きる人である。

翠珠は無意識のうちに微笑みを浮かべる。その笑みに引き寄せられるかのように、夕宵は歩みよってきた。

「『青陵宴』が、来月の朔日《さくじつ》に上演されるそうだ」

ああ、そうだ。そんな誘いがあった。とても楽しみにしていたはずなのに、いっとき頭から追い出そうとしていた。けれどいまは楽しみでしょうがない。

「都合はどうだ？」

「大丈夫です。行きます」

上機嫌で言うと、夕宵は微笑みを浮かべた。

どうしようかと悩んでいたが、やはり裙《くん》を新調しようと翠珠は思った。

本書は書き下ろしです。
この作品はフィクションであり、実在の人物、団体等とは一切関係ありません。

華《はな》は天命《てんめい》を誓《ちか》う

莉国後宮女医伝《りこくこうきゅうじょいでん》　三

小田菜摘《おだなつみ》

令和6年 11月25日　初版発行

発行者●山下直久

発行●株式会社KADOKAWA
〒102-8177　東京都千代田区富士見2-13-3
電話　0570-002-301（ナビダイヤル）

角川文庫 24417

印刷所●株式会社暁印刷
製本所●本間製本株式会社

表紙画●和田三造

ISBN 978-4-04-115603-2　C0193

角川文庫発刊に際して

角　川　源　義

　第二次世界大戦の敗北は、軍事力の敗北であった以上に、私たちの若い文化力の敗退であった。私たちの文化が戦争に対して如何に無力であり、単なるあだ花に過ぎなかったかを、私たちは身を以て体験し痛感した。西洋近代文化の摂取にとって、明治以後八十年の歳月は決して短かすぎたとは言えない。にもかかわらず、近代文化の伝統を確立し、自由な批判と柔軟な良識に富む文化層として自らを形成することに私たちは失敗して来た。そしてこれは、各層への文化の普及滲透を任務とする出版人の責任でもあった。

　一九四五年以来、私たちは再び振出しに戻り、第一歩から踏み出すことを余儀なくされた。これは大きな不幸ではあるが、反面、これまでの混沌・未熟・歪曲の中にあった我が国の文化に秩序と確たる基礎を齎らすためには絶好の機会でもある。角川書店は、このような祖国の文化的危機にあたり、微力をも顧みず再建の礎石たるべき抱負と決意とをもって出発したが、ここに創立以来の念願を果すべく角川文庫を発刊する。これまで刊行されたあらゆる全集叢書文庫類の長所と短所とを検討し、古今東西の不朽の典籍を、良心的編集のもとに、廉価に、そして書架にふさわしい美本として、多くのひとびとに提供しようとする。しかし私たちは徒らに百科全書的な知識のジレッタントを作ることを目的とせず、あくまで祖国の文化に秩序と再建への道を示し、この文庫を角川書店の栄ある事業として、今後永久に継続発展せしめ、学芸と教養との殿堂として大成せんことを期したい。多くの読書子の愛情ある忠言と支持とによって、この希望と抱負とを完遂せしめられんことを願う。

一九四九年五月三日